Kotter Editorial
2021

entre a ferida e a cicatriz

frank engelbert

coordenação editorial
Sálvio Nienkötter

editor executivo
Daniel Osiecki
Raul K. Souza

editora-assistente
Francielli Cunico

capa
Sofia Ganz

projeto gráfico
Paula Villa Nova

produção
Cristiane Nienkötter

revisor
Silvana Seffrin

Dados Internacionais de Catalogação na Publicação (CIP)
Angélica Llacqua CRB-8/7057

Engelbert, Frank
Entre a Ferida e a Cicatriz | Frank Engelbert
Curitiba: Kotter Editorial, 2021.
216p.

ISBN 978-65-86526-77-6

1. Ficção brasileira 1. Título "Entre a Ferida e a Cicatriz"

CDD B869.3

20-4303

Kotter Editorial
Rua das Cerejeiras, 194
82700-510 | Curitiba/PR
+55 41 3585-5161
www.kotter.com.br | contato@kotter.com.br

1ª edição
2021

Imagine um sistema completamente lógico. Projetado para analisar dados complexos, calculando o maior número de possibilidades, em pequenas frações de tempo. Agora, pegue esse sistema e alimente com tudo de mais irracional, ilógico e surreal que você possa encontrar. Esse era o cérebro de Afonso nos últimos dias.

Muitos se perguntam como uma pessoa lúcida, inteligente e bem formada pode chegar a enlouquecer. Acham que é um processo complicado, mas na verdade é algo bem simples.

O manual básico da loucura diz mais ou menos o seguinte: comece a pensar em possibilidades e alternativas para algo de que não se tem controle algum. Mas se achar que tem, melhor ainda. Dedique um tempo, todos os dias, para pensar sobre elas, remoendo cada detalhe. Recrie os fatos, as histórias, os dias, as noites. Tudo deve ser revisto a todo instante. Se juntar detalhes demais, a ponto de ficar difícil de controlar, crie um programa mental para lidar com eles. Isso mesmo. Desenvolva uma lógica para pensar nas coisas sem lógica e poder recriá-las com mais propriedade. Siga reimaginando cada pequena situação. Coloque-se no lugar de outra pessoa, tente viver o que ela viveu, tente refazer seus passos. Faça isso todas as horas, a cada minuto. Depois, sinta-se culpado por coisas sem razão. Procure perceber coincidências absurdas. Não que elas não existam. Existem sim. Mas juntando as coincidências com tudo que foi imaginado, recriado e inventado antes, comece a estabelecer conexões que nunca deveriam ser feitas e, pronto, chega-se ao resultado.

Afonso seguia o manual. Fez isso por tanto tempo que não conseguia separar o que é real do que é produção desse método logicamente ilógico. Em alguns momentos, até tinha consciência disso, o que deixava tudo ainda pior, passando a acreditar nas respostas falsas, descartando as mais claras e evidentes, chegando a um loop de erro no sistema mental que ele mesmo criou. Essas coincidências, lincadas de forma errônea, geravam percepções ainda mais equivocadas, fazendo a insanidade ir aumentando cada vez mais.

Mesmo se considerando uma pessoa racional, Afonso se rendeu a essas impressões deturpadas sobre o que aconteceu nesses quase dois anos. Passou os últimos dois dias analisando alguns dados fora de contexto e estabelecendo relações não consideradas antes. Assim, com uma informação errada aqui, outra coincidência forçada ali, acabou chegando a conclusões bem esquisitas sobre esses últimos vinte e três meses, duas semanas e três dias. Começou a duvidar das pessoas que sempre estiveram à sua volta. Uma simples conversa desencadeou uma linha de pensamento que indicava uma situação no mínimo estranha na forma de conduzir as coisas. As coincidências, alimentando esse algoritmo mental, executado milhões de vezes nas últimas quarenta e oito horas, davam sempre o mesmo resultado. E, com base nele, Afonso decidiu que precisava falar com a polícia.

Mas justo quando refletia sobre esse poder mágico da coincidência, mais uma vez ela aconteceu.

No momento em que tomou a decisão de ligar para a delegacia para falar sobre seu sistema e como chegou a um novo suspeito, Afonso recebeu a ligação do investigador. Reconheceu a voz de Fausto, mesmo estando com um tom diferente, mais determinado.

Fausto estava falando rápido e atropelado, repetindo e reformatando as primeiras frases para fazerem sentido. Mas seus esforços em se comunicar foram em vão, porque, de todas as palavras que ele usou, Afonso assimilou apenas três, que ficaram ressoando em sua cabeça: "Encontramos sua filha."

Aquelas três palavras fizeram Afonso resetar seu sistema mental e esquecer as conclusões a que tinha chegado. Perdeu sua capacidade de falar e de prestar atenção, conseguindo apenas memorizar o local em que a filha estava e a informação de onde deviam se encontrar.

Afonso desligou aquela chamada já pensando nas duas que faria em seguida.

Ligou primeiro para a ex-mulher: "Solange, a Marcela apareceu."

Em seguida, falou com a filha: "Manuela, sua irmã voltou."

Combinou com as duas de se encontrarem no Hospital Geral e saiu correndo para pegar um táxi, deixando coincidências e possibilidades para trás. A única coisa que tinha em mente era chegar antes, para mostrar que se importava mais que elas, afinal, nesses dois anos, foi ele quem sofreu de verdade e ficou pensando na solução de tudo.

No hospital, Afonso encontrou Fausto e, quando Manuela e Solange chegaram, o investigador adiantou o que sabia.

"Marcela foi encontrada por acaso, em um trecho de mata fechada, próximo à saída da cidade. Mas, pelo pouco que já conseguimos analisar, ela foi mantida em outro local durante esses dois anos, se alimentando mal e sofrendo várias agressões. Os primeiros exames mostraram que seu corpo está debilitado, atrofiado e com muitas lesões, o que também dificultou a identificação imediata."

A filha tinha voltado. Aquela era uma boa notícia, mas Afonso viu Manuela tremer a cada frase do investigador. Aproximou-se dela e a abraçou.

"Acabou, filha, tudo vai ficar bem. Sua irmã voltou."

Era o fato mais importante: tudo ficaria bem. A volta de Marcela deixaria a família mais uma vez completa. Os detalhes, sem tanta relevância, ficariam para a polícia.

Uma enfermeira os aguardava no andar da UTI e avisou que poderiam entrar. Apenas lembrou que Marcela estava inconsciente, em coma, e deveriam fazer o mínimo de barulho.

Afonso entrou primeiro, seguido por Manuela, Solange e Fausto.

Marcela tinha perdido muito peso e parecia apenas ossos cobertos por uma camada fina de pele, feridas, cicatrizes, marcas e hematomas. Afonso olhou para Manuela, querendo dividir a alegria e o alívio, mas a filha estava em choque. Antes a semelhança era total. As duas tinham apenas um ano de diferença e eram quase idênticas. Agora, estavam muito diferentes. Afonso pegou na mão de Manuela, tentando levá-la para perto de Marcela, mas a filha parou na metade do caminho. Sozinho na beirada da cama, ele tocou a mão de Marcela com as pontas dos dedos. Pele frágil, prestes a se romper. Olhou mais uma vez para Manuela, querendo passar coragem, mas a filha permaneceu lá, no meio do caminho, balançando a cabeça de um lado para o outro.

"Está tudo bem, querida, ela vai melhorar."

Manuela tremeu mais ainda.

"Ela não deveria estar aí. Ela só fugiu de casa." Virou o rosto, desistindo de olhar. "Eu é que merecia estar nessa cama."

Afonso não entendeu a lógica da filha. Olhou para Solange, encostada na parede ao lado da porta, e estendeu a mão.

"Venha ver nossa filha."

Solange não saiu do lugar e preferiu se dirigir ao investigador.

"Quem pode ter certeza que essa é a nossa filha? Ela está irreconhecível. Pode ser só uma menina parecida", disse Solange.

Afonso se antecipou, sem deixar Fausto responder.

"É claro que ela está diferente, querida. Marcela ficou dois anos longe de nós, mas isso não quer dizer que não é a nossa filha. Marcela voltou, sim."

Solange foi em direção a Manuela e a abraçou.

"Não me chame de querida, Afonso. Não finja que nada aconteceu. Essa não é Marcela. Ela não pode ser Marcela." Solange foi em direção à porta, arrastando Manuela. "Não pode ser Marcela."

***

Da lateral do palco, Solange conseguia ver Bernardo falando com a plateia. De perfil, ele era ainda mais interessante. Os traços retos do rosto e a silhueta esguia do corpo ficavam mais charmosos com os cabelos grisalhos. Era a primeira vez que ela falaria para um público tão grande assim ao vivo, mas era Bernardo quem ela queria impressionar. Entrar para o Instituto do Crescimento Interior era o reconhecimento que Solange tanto buscava, mas chamar a atenção do presidente do Instituto seria um prêmio extra. O destaque que ela sempre quis e o homem especial com quem sempre sonhou. *O par perfeito*. E a apresentação que Bernardo estava fazendo soava como uma declaração de amor.

"Peço então uma recepção carinhosa para essa mulher incrível, que soube lidar com uma perda enorme e se dispôs a ajudar outras pessoas. Acredito que é por isso que vocês todos estão aqui, então, sem perder mais tempo, chamo ao palco nossa querida Solange Gusmão."

Um. Dois. Três. Quatro. Cinco. Uma espera estratégica que Solange chamava de momento de hesitação. Uma das técnicas que ela e seu assistente tinham desenvolvido para ganhar ainda mais a atenção do público. A plateia não quer ver uma pessoa cheia de certeza que já aparece pronta e radiante no palco assim que é chamada. *Excesso de confiança assusta os ouvintes*. Não se identificam. Não criam empatia. Têm que esperar para estabelecer um vínculo. Solange aguardou um novo olhar de Bernardo e só depois entrou no palco, com passos curtos. Caminhou até o centro, agradeceu a Bernardo e cumprimentou a plateia com um movimento de cabeça. *Gratidão e humildade.* Todos adoram gestos de submissão. *Não importa se são falsos.*

O telão no fundo do palco mostrava o nome Solange Gusmão em grandes letras brancas sobre fundo preto. Ela esperou Bernardo descer do palco e se acomodar na primeira fila para começar a falar.

"Sei muito bem o porquê de vocês estarem aqui. Não sei o problema específico, mas sei o que trouxe cada um aqui essa noite. Todos querem vencer o medo. O medo de ficarem sozinhos. O medo de nunca mais sorrirem. O medo de enfrentarem os olhares dos outros quando saem na rua. O medo de não conseguirem mais forças para sair da cama, a cada manhã."

A maioria na plateia balançou a cabeça, concordando.

"Sei bem o que é isso, porque eu já estive no lugar de vocês. Ainda fico assim, algumas vezes, não posso mentir."

É obvio que era mentira.

"Eu poderia estar sentada aí, junto com vocês, e por isso peço uma salva de palmas, não para mim, mas para vocês mesmos, que deram o primeiro passo e vieram aqui hoje."

Solange iniciou as palmas e foi seguida por todos. Aproveitou para tomar água. Precisava fingir um pouco de insegurança e incerteza. Caminhou até a beirada do palco, aguardando o silêncio. Mais uma vez, a espera. *As pessoas precisam sentir um desconforto e ficar na dúvida se tudo está mesmo sob controle.* Essa pausa inicial, depois dos aplausos, fazia com que todos abandonassem suas defesas, sentindo-se iguais, sem julgamento.

"Ninguém sabe o que é uma grande perda até passar por isso."

No telão, apareceu a foto de uma moça sorridente, com cabelos soltos. Um grande close de Marcela. Tudo muito bem ensaiado com William, seu assistente, que ficava no controle do projetor.

"Perdemos muitas coisas durante a vida. Um namorado, um marido, um emprego, ou até uma parte do corpo. Acreditamos que nunca vamos superar. Mas, por mais duras que essas perdas sejam, há um entendimento."

William mudou a imagem mais uma vez: Marcela em um parque, usando vestido laranja com pequenas flores azuis e uma bota roxa.

"Essa era Marcela, minha filha. Um anjo que habitava minha vida, mas que, apenas alguns meses depois de tirar essa foto, desapareceu. Agora, quase dois anos depois, ainda não se sabe o que aconteceu com ela."

Solange baixou a cabeça, fingindo juntar forças para continuar. *Um. Dois. Três. Quatro. Cinco.* A plateia precisava se abastecer de carga emocional para depois explodir.

"Vocês conseguem imaginar o que é perder uma coisa assim, tão bela? Dá para imaginar ter uma filha ao seu lado um dia e, no outro, ela desaparecer da sua vida?"

William trocou a imagem mais uma vez. A plateia agora via Marcela na entrada de casa, acenando para a câmera. Apesar de ser bem mais antiga, essa foto simbolizava a despedida. *Olhem bem o que foi perdido.*

"Eu daria tudo para ter a chance de, pelo menos, me despedir."

Solange disse isso em um tom mais baixo, olhando para a tela, como se falasse com Marcela. Quando ela se virou, viu algumas pessoas já chorando. *Impressionante como são frágeis.* Os olhos de Bernardo também estavam brilhando. *Sucesso absoluto.*

"Sei que é impossível voltar no tempo, mas descobri uma coisa que é possível: sobreviver a tudo isso. Eu imaginei que morreria com a perda da minha filha. Por um tempo, até achei que seria melhor que isso acontecesse, mas consegui vencer o medo de viver e estou aqui para ajudar vocês. Essa é a minha missão. Se eu consegui superar, vocês também conseguem."

A plateia aplaudiu.

Um. Dois. Três. Quatro. Cinco.

"Eu achava minha vida perfeita."

Mais uma mentira. Quando Marcela sumiu, Solange não estava nada bem. *Quem poderia achar perfeita a vida de dona de casa?* Mas ela precisava trazer a plateia para esse sentimento de perfeição. Precisavam achar que, no fundo, todos têm uma vida perfeita.

"Imagine que tudo está bem, mas, de repente, você recebe a notícia de que a coisa que mais ama na vida sumiu. Imagine que você está feliz no seu emprego e, no dia seguinte, ele deixou de existir. Você tem o seu marido e, no outro dia, ele não volta para casa."

Relação de sofrimento. Outra técnica importante.

"Ou, como foi o meu caso, uma filha perfeita e maravilhosa desaparece."

Vocês acham que sofreram? Esperem para ouvir isso.

Solange parou, observando as expressões de todos na plateia. *Não fazem ideia.* O objetivo era fazê-los pensar: eu sofro, mas alguém sofreu mais do que eu. *O mesmo princípio das igrejas.*

"As pessoas até conseguem imaginar uma mãe recebendo a notícia de que perdeu sua filha. Notícia horrível, intensa, mas passa. Agora, imagine receber essa mesma notícia todos os dias. Imagine acordar e ser lembrada de que sua filha não faz mais parte da sua vida. Imagine sua filha morrer todas as manhãs."

Exagerado, mas eficiente.

"Esse é o sentimento quando você não tem resposta. Não existe um ponto final."

Solange nem pensava mais na filha quando acordava, mas o efeito dessa parte era maravilhoso. Fingiu segurar o choro e apertou um lenço de papel contra os cantos dos olhos secos. Quando voltou a falar, Solange mudou um pouco a entonação.

O público estava pronto para aceitá-la como a grande salvação e ela tinha que mostrar que o seu sistema funciona. *O exemplo que eles querem.* Mas se ela mudasse imediatamente de sofredora para vendedora, não dariam valor. Iriam pensar que tudo era um golpe e que ela era falsa. Por isso, nessa hora, Solange adotava um tom de amiga, que tem um conselho para dar. *Podem confiar.* Caminhou até a frente do palco, enquanto William fazia o número 12 aparecer no telão. *Podia ser 10, 9, 7, mas 12 tinha relação com tratamentos de malucos. 12 meses. 12 horas. Um ciclo completo.*

"Todo dia, após ser lembrada de que Marcela não existe mais, eu sigo os 12 Passos para Transformar Sofrimento em Força."

A frase se completou no telão ao mesmo tempo em que ela falava.

"Demorei quase um ano para descobrir e aprimorar esses 12 passos. Sofri muito, mas vocês podem começar hoje mesmo. Os 12 passos que salvaram minha vida podem salvar a de vocês também."

A plateia sorriu, enxugando as lágrimas.

"Vamos agora para um pequeno intervalo, tomar água, café, e em seguida vamos conhecer cada passo e vocês já vão poder colocá-los em prática."

Solange desceu do palco, aplaudida de pé. Foi ao encontro de Bernardo, que já estava pronto para cumprimentá-la. *Venha, meu amor, me dê os parabéns. Eu mereço.*

***

O despertador ainda não tinha tocado. Foi o barulho lá de baixo que acordou Manuela. Mais uma vez, seu pai e Marcela extrapolavam os decibéis toleráveis. O mais absurdo era que, com o histórico dos últimos confrontos, já deveriam ter aprendido que aquilo acabaria do jeito de sempre. Era mais uma discussão previsível e irritante, principalmente para quem estava deitadinha na cama tentando completar suas revigorantes horas de sono. O som de um alarme, mesmo daqueles mais barulhentos, como apito de trem, seria mais agradável que esse som familiar: empresário bem-sucedido, gritando com estudante imatura que tenta provar que é rebelde.

Mesmo com essa maneira absurda de ser acordada, Manuela estava feliz. Nada como uma briga daquelas para avivar lembranças peculiares de uma infância de disputas. Era sempre bom ouvir Marcela sendo o alvo das agressividades paternas. Ou maternas, tanto faz. E quando pai e mãe estavam envolvidos na mesma bronca: melhor ainda. Ponto extra.

Cada vez que Marcela atiçava essa raiva latente na família, Manuela marcava mais um ponto na sua competição imaginária, que tinha regras claras, mas só ela conhecia. E, pela discussão lá embaixo, Manuela estava muito perto de conquistar o quinto campeonato consecutivo.

Marcela perdia pontos toda vez que fazia alguma coisa errada, ou discordava da opinião dos pais, ou enfrentava sua irmãzinha. Manuela ganhava toda vez que fazia o que seus pais esperavam. Não era um jogo muito complicado. Marcela até tinha chances, mas nunca esteve disposta a se dedicar ao esporte. Por isso, no placar de Manuela, Marcela permanecia com zero, desde o primeiro confronto.

Estava meio evidente que Marcela não tinha interesse na vitória e isso nem importava mais. Com dezessete anos, Manuela não precisava mais dos resultados dessa competição para provar o óbvio para seus pais. Mesmo assim, era sempre bom saber que ela continuava merecendo o seu troféu imaginário, composto de uma pequena estatueta, de menina respeitada, folheada a ouro.

Pelo que Manuela conseguia entender da gritaria, Marcela tinha acabado de chegar, sabe-se lá de onde. As escapadas de Marcela tinham ficado frequentes, merecendo até tornar-se um critério de pontuação em dobro, se Manuela quisesse humilhar a irmã. Marcela não dormiu em casa, nem na noite passada, nem na anterior. Seu pai estava saindo cedo para o trabalho e deve ter pego ela chegando. Um azar tamanho gigante, Manuela tinha que admitir, afinal a probabilidade de alguém cruzar com Afonso naquela casa era de uma em um milhão. O pior de tudo era que, com certeza, seu pai nem tinha dado falta de Marcela e teria ido embora sem se preocupar. Quem sofria mesmo era sua mãe, que devia ter ficado um pouco mais louca com esse pequeno novo sumiço de Marcela.

Enquanto lavava o rosto, Manuela conseguiu entender melhor as falas.

"Você não pode fazer essas coisas, sem avisar para mim e para sua mãe. Nós ainda somos seus pais e você ainda depende da gente. Sua mãe merece um pouco mais de respeito."

Os velhos papos que nem Manuela aguentava mais, só que, contra Marcela, soavam como algo profundo, como aqueles discursos inteligentes que fazem em formatura, com lição de vida e tudo mais. Esses argumentos que apelavam para a sanidade da mãe quase pareciam fazer sentido. O pai sabia que tinha que usar algo com que elas pudessem se importar. O problema era que Marcela não ligava e sempre entrava nessas discussões para ganhar, a qualquer custo, mesmo que precisasse disparar ofensas como uma metralhadora operada por um soldado suicida. Apesar de que, nos últimos tempos, Marcela já não estava nesse modo camicase de enfrentamento familiar. Continuava desapegada, mas não tão violenta. Era como se aquele ímpeto repetitivo de fazer suas vontades serem realizadas tivesse criado aquela camadinha de ferrugem que faz as coisas emperrarem. Parecia ter assuntos mais sérios para resolver, preferindo acabar logo com a conversa, tirando um pouco a graça do espetáculo.

"Vocês não se importam com o que estou vivendo. Vocês nem sabem o que acontece. Se eu não existisse, não mudaria nada. Agora, só porque eu passei a noite fora, ficam fazendo esse drama todo."

Marcela também vinha apelando para o fato de ninguém se importar. Manuela não conseguia detectar o motivo. Na última temporada, até achou que sua irmã reverteria a Competição de Melhor Filha do Mundo, já que Marcela tinha conseguido provar que fez a escolha certa, depois de todas as encheções para aceitarem que ela fizesse a faculdade de teatro. Porém, justo agora que tinha conseguido não só começar o curso, mas já dar sua primeira mordidinha no bolo confeitado da fama, Marcela parecia ter sentido um desarranjo estomacal e estava toda revoltada. Não tinha muita explicação. Marcela gostava de ser assim.

Mesmo ainda estando cedo demais, Manuela tirou seu pijama e começou a escolher uma roupa para ir para o cursinho. Não queria descer para tomar café e correr o risco de passar pela tormenta fraterna. Esperava que, até a hora de sair, os dois já tivessem terminado. Sentou-se na cama e continuou ouvindo o diálogo cada vez mais alto.

"Sua mãe não aguenta mais ter que lidar com você, Marcela. Está cada vez mais preocupada e deprimida por sua causa. Não sabe o que está acontecendo. O que você anda fazendo da sua vida."

"Você é um hipócrita, pai. Você nunca está com ela. Não finja que se importa."

A conversa parou. Manuela sabia que seu pai não teria uma boa resposta e quase sentiu vontade de marcar um ponto para a irmã. Ouviu os passos de Marcela e a porta do quarto batendo com força. Afonso saiu e a casa ficou em silêncio. Sua mãe deveria estar ainda no quarto, em sono profundo, graças aos comprimidinhos milagrosos.

Manuela pegou suas coisas e desceu. Depois de um tempo, Marcela apareceu para pegar água e Manuela ficou na indecisão, entre falar e ficar quieta. Qualquer comentário errado poderia acender o pequenino pavio do canhão de argumentos egocêntricos da sua irmã.

"O que foi? Você também está me controlando?", disse Marcela, que deve ter percebido a hesitação de Manuela.

"Ei. Calma. Eu não disse nada. Tô na minha, aqui." Manuela fez a provocação básica, com seu tom sarcástico, apenas para marcar posição.

Ficaram em silêncio por um tempo.

Marcela colocou o copo na mesa e sentou-se. Parecia cansada.

"Desculpa. O dia já começou difícil."

"As noites têm sido difíceis também, pelo jeito." Manuela não conseguia deixar de lutar por mais alguns pontinhos. Ela tinha ficado sabendo que, nos últimos dias, Marcela estava saindo com um tal de Jorge e gostaria de perguntar o que ela estava tentando provar, andando com o suposto traficante mais conhecido da faculdade, mas preferiu não ir tão longe na sua busca pela ampliação do placar. Nem precisava. Esse era mais um dos fatos que, mesmo mantido em segredo, dava a Manuela essa sensação de vitória particular, mesmo com Marcela tendo conseguido a vaga de estrela no grupo de teatro.

Os olhos de Marcela se encheram de lágrimas.

"Você não faz ideia do que está acontecendo."

"Talvez nunca faça, mas acho que você poderia entender o lado deles."

"Eu tenho sempre que entender as coisas, mas ninguém quer me entender."

Manuela sentiu aquela pontinha de raiva que sempre surgia nas conversas pseudodramáticas com Marcela. Nunca chegavam a lugar nenhum. Preferiu ficar em silêncio.

"Você já pensou em desistir de tudo?", perguntou Marcela.

Manuela não sabia o que responder e acabou nem tendo tempo.

"Às vezes não parece que fugir é a única opção para acabar com os problemas de uma vez?", completou Marcela.

Manuela deixou sua resposta guardada porque sabia que se falasse iria começar a rir e o pavio seria aceso. Mais uma vez Marcela estava fazendo sua famosa interpretação de garota incompreendida. Palmas para Marcela.

***

O garoto que usava um alargador preto na orelha cutucava o colega do lado, esperando uma risada para o comentário idiota que tinha feito em relação à noite anterior. Afonso não sabia se a piada se referia a um bar onde estiveram ou à própria empresa, já que nessa fase de um grande projeto os programadores passavam os dias e as noites trabalhando.

Afonso e seu sócio estavam com toda a equipe principal na sala de reunião.

Outro garoto também parecia se divertir, com outro assunto, e fazia movimentos espasmódicos com a cabeça, como se estivesse em algum processo de negação de algo traumático ou sob efeito de alguma droga. Afonso achava que ainda era muito cedo para o uso de qualquer substância, lícita ou ilícita, mesmo tendo consciência de que todos aqueles garotos tomavam algum tipo de substância, lícita ou ilícita, para renderem melhor, durante dias e noites seguidos, durante um projeto importante como aquele. Eles usavam os famosos Amplificadores de Performance, como Drico, seu sócio, gostava de chamar os remedinhos que conseguia para os funcionários que estavam dispostos a se superarem. Afonso ainda sentia o efeito, colateral ou retardado, do comprimido que tinha tomado na véspera. Um sintoma persistente e desagradável, que transformava o foco preciso da noite anterior em uma visão meio turva agora pela manhã. Mas, sobre os efeitos colaterais ou retardados dos seus remedinhos, Drico nunca avisava.

A reunião era de alinhamento para a fase final do projeto mais importante da empresa no momento.

Drico estava presente porque, além de fornecer os Amplificadores de Performance, ele tinha um outro dom: fazer aqueles garotos trabalharem feito malucos, achando que estavam se divertindo ou que estavam em alguma missão especial em que a salvação do planeta dependia da programação de sistemas e da criação de algoritmos. Afonso sempre foi uma referência para a equipe de programadores da empresa. Quando ainda cursava engenharia da computação, foi o responsável pela programação dos sistemas digitais mais inovadores da época, tornando-se uma lenda nesse mercado. Mas, por incrível que pareça, foi essa habilidade psicologicamente perturbadora de Drico, capaz de manipular a vontade alheia, que fez a empresa crescer e ser reconhecida como uma das mais importantes do segmento de softwares e sistemas do país.

No começo, Afonso não deu tanta importância para esse superpoder do seu sócio, mas depois foi obrigado a reconhecer seu talento, já que a cada ano o faturamento dobrava e a qualidade dos projetos continuava sendo atestada e reconhecida nos prêmios internacionais.

Drico era uma espécie de encantador de funcionários ou, como ele mesmo gostava de dizer, Programador de Programadores. Conseguia que eles pulassem de um penhasco se isso fosse importante para finalizar um trabalho. Drico fazia as pessoas acreditarem em um propósito maior, mesmo onde não havia nem o mínimo sinal da existência de um propósito. Ele conseguia fazer com que condenados a um fuzilamento fossem dançando para o paredão, ficassem amigos dos atiradores e ainda terminassem achando que a morte tinha sido mesmo o melhor para eles. Era impressionante vê-lo falar, fazendo aqueles garotos se sentirem parte de algo especial e não um bando de nerds explorados, que trabalham vinte horas seguidas, vários dias na semana.

O mais incrível era ouvir a explicação da teoria toda, descrevendo esse mundo encantado onde esses garotos habitam. Segundo Drico, a Nerdolândia tornou-se uma superpotência nas últimas décadas e é regida por leis exclusivas e improváveis, baseadas em vontade de pertencimento e falta de identidade. Seus habitantes estão em uma existência individual ridícula e não se sentem parte de nada. Mesmo com a proliferação das religiões e o surgimento de novas celebridades pop em progressão geométrica, esses garotos ficam perdidos, sem ter em quem acreditar e quem seguir, e o que sobra é um enorme vazio em seus corações para ser preenchido por qualquer coisa que levante a mão e diga "Ei, querido, eu tenho um lance muito bacana aqui que talvez você se interesse." Ainda segundo Drico, foi explorando as características desse universo que as grandes companhias do Vale do Silício chegaram ao sucesso. Em torno desses acumuladores de bugiganga moderninha e colecionadores de bonequinhos de plástico é que as empresas de tecnologia foram construídas. Para esses adolescentes crescidos, cultuadores de tecnologia, é que todo ambiente de trabalho foi reconfigurado. E, com a chegada de Drico na sociedade, Afonso passou a entender desse mundo e a oferecer a estrutura perfeita, com grandes espaços abertos, salas de reunião escondidas e mesas de sinuca em evidência, consoles de videogame e fliperamas espalhados por lounges modernos e descolados, sem falar na grande sala de relaxamento, no terceiro andar, apelidada de Sala de Descompressão, onde existia um mar de puffs gigantes, espreguiçadeiras de piscina e até redes de praia. Tudo para que esses garotos se sentissem em casa, mas produzissem como em uma prisão.

E, mais uma vez, Drico estava usando sua teoria e suas habilidades com eles.

Nessa última reunião, organizava-se o cronograma de tarefas para produzirem as últimas linhas de código, prototiparem a interface, rodarem os testes, eliminarem os bugs e finalizarem a entrega para o cliente. Tudo feito em poucos dias de trabalho contínuo.

O esperado seria ouvir muitas reclamações dramáticas e vários xingamentos retóricos, mas, com Drico, o que se via era todo mundo dando risada, fazendo piadas e respondendo com toda a empolgação do mundo.

Normalmente, Afonso estaria no mesmo espírito, acompanhando as gozações, os cutucões e os comentários irônicos, mas naquele dia, além de acordar com a ressaca que embaçava sua vista, ele tinha discutido mais uma vez com a filha mais velha e agora estava tentando se convencer de que Marcela era apenas mais uma nesse grupo de novos jovens, que vivem em outro mundo, sem propósito e com outras regras. Talvez ela precisasse mesmo de uma lição.

Ainda bem que Drico estava no controle e, como um monitor de jardim de infância em uma excursão escolar, conseguia fazer seus malabarismos para criar as falsas motivações necessárias.

"Mais uma vez, quero que vocês entendam a importância disso", disse Drico, tremulando sua mão direita estendida sobre as planilhas que estavam no centro da mesa, como se estivesse abençoando o cronograma. "O trabalho no final de semana vai ser decisivo. Vamos entregar esse projeto, mesmo que a gente não durma nem um minuto. E será o melhor das galáxias, ou não me chamo Fredrico Matias Lopes Benvenutti." Drico adorava usar seu nome completo nessas horas, para dar importância e, ao mesmo tempo, deixar o pedido mais engraçado.

Os garotos sorriram e sacudiram suas cabeças como se elas estivessem conectadas à mão de Drico por meio de fios invisíveis.

"Depois, vamos comemorar com a mesma intensidade. Um final de semana inteiro de festa. Se preparem. Work hard, play harder."

O grupo aprovou com gritos e risadas. Afonso sabia o que estava passando pela cabeça deles e aquilo tinha começado a incomodá-lo. No passado, ele e Drico tinham lidado com isso de forma bem tranquila, entendendo o cenário. O novo perfil de profissionais era movido por propósito e muitas vezes o único propósito era poder beber ou se drogar na empresa em que trabalhavam. Eles se entregavam por completo, esperando receber em troca pelo menos um refil constante de álcool e substâncias controladas. Afonso nunca teve nada contra, até dois meses atrás, com o ocorrido na última festa de comemoração, quando ele começou a duvidar dessa forma de lidar com os garotos. A sua própria perda de controle ainda gerava um incômodo que deixava mais difícil engolir a forma de Drico controlar tudo.

Afonso abandonou a reunião e subiu para sua sala.

Mesmo sabendo que essa forma de gestão dava resultado, ele passou a sentir saudade do início da empresa, quando quem trabalhava com programação não se dava ao luxo dessas reuniões intermináveis, perdendo tempo com imbecilidades. Drico chamava isso de Válvulas de Escape e Afonso sempre concordou com esses momentos de alívio de pressão, afinal via o resultado alcançado, mas talvez tivesse atingido um limite moral e pessoal. Não queria aliviar para sua filha. Não queria que o mesmo que aconteceu com Jaqueline acontecesse com ela.

Ao sentar-se em sua cadeira, Afonso lembrou do chaveiro de Marcela ainda no seu bolso.

Depois de um tempo, Drico apareceu.

"Vamos trabalhar como malucos, mas posso garantir que, depois do sistema entregue, eles vão sentir que valeu a pena", disse Drico, sentando-se na frente de Afonso.

"Vamos maneirar um pouco", disse Afonso. "Já vimos o que pode acontecer nessas comemorações."

Drico ficou mais sério.

"Aquela história já foi esquecida, Afonso. Já faz um tempo. Agora precisamos de mais um esforço extra e eles merecem. São a equipe número um."

"A mesma equipe da última festa. A equipe que causou o problema."

"Aquilo foi um acidente e o foco do problema nem está mais na equipe. Foi uma brincadeira de adolescentes."

"Eles não são mais adolescentes." E não tinha sido só uma brincadeira.

"Esses caras rendem melhor quando são tratados assim", completou Drico.

Afonso concordava. Só não queria um novo problema.

"Vamos cuidar. Só isso que eu peço."

"Vamos. Mas lembre que eles precisam gostar de trabalhar aqui e precisam de um outro nível de performance", disse Drico. "Falar nisso, você precisa de mais algumas doses para terminar o projeto?"

Afonso abriu a gaveta e conferiu as cartelas de comprimido. Drico conseguia receitas para os Amplificadores de Performance e fornecia para todos.

"Acho que dá para esses próximos dias."

"Se precisar, já sabe."

Drico saiu e Afonso tomou um comprimido enquanto abria seus cronogramas para descobrir quantas reuniões como aquela ainda teria na semana.

O telefone tocou. Era Marcela.

"Eu não acredito que você fez isso", disse a filha.

"É para o seu bem."

"Não tem a mínima lógica."

"Você precisa aprender a respeitar. Eu e sua mãe."

"Me deixar sem carro não vai mudar as coisas. Eu sei me virar. Dou outro jeito."

"É só por uma semana e o respeito aparece quando você entende que nada vem fácil."

"Você acha que eu dependo de você para tudo? Que eu não consigo andar de ônibus? Que eu não consigo viver sozinha? Essa não é a questão. Mas você nunca vai entender, não é?"

Afonso começou a responder, mas Marcela já tinha desligado. Ele tirou as chaves do bolso e colocou na gaveta, junto com os remédios.

***

A casa estava com a tranquilidade familiar de todos aqueles momentos solitários e vazios. As filhas na escola, o marido trabalhando. *Paz.* Solange ficava em seu quarto, encarando o teto branco, como uma tela, quase sempre preenchida com imagens distorcidas. Aquele era o seu refúgio ingrato. *Uma jaula, uma gaiola.* O único lugar que era só dela, naquela casa que era toda deles. Engraçado o lugar mais solitário ser justo o quarto de casal. *Casal: uma palavra que era uma piada.* Só existia nas outras famílias.

Naquele quarto, Solange via sua vida se granular e desmoronar. *A vida que nunca teve de verdade.* Pensava no que teria sido. Sem marido. *Psicóloga.* Esses eram os seus momentos, onde só ela existia, na tela branca do teto, na sua imaginação.

"Sua idiota, por que você fez isso? Eu falei para você não se meter", gritou uma das filhas lá embaixo, assim que entrou em casa.

A paz acabava dessa forma, com sons que não eram para existir. *A vida seria bem mais simples sem elas.* Seria mais fácil tomar uma decisão. O divórcio viria mais fácil. *Viria?* Sua vida de solteira aparecia e se distorcia no teto.

"Como se você se importasse", a outra respondeu, fechando a porta com um estrondo.

Tinham voltado da escola. O desespero e a angústia de Solange também voltavam nessas horas. Elas já foram inseparáveis. *Agora eram essas pré-adolescentes irritantes que não respeitavam o silêncio da casa.* Não conseguiam chegar em um acordo. *Talvez seja normal nessa fase.* Para Solange, era insuportável.

"Me deixa em paz."

Depois da discussão, cada uma se trancava. *Polo Norte e Polo Sul. Lados opostos do corredor.* Espaços que já foram comuns, hoje separados por uma cerca de ódio mútuo. *Exagero? Nem tanto.* O ódio era visível e, quase sempre, audível. Solange tentou aproveitar um pouco do silêncio que surgiu após as portas baterem. Era como se a felicidade só existisse nesses momentos, quando estava sozinha no quarto e a casa toda estava quieta.

A dificuldade desses quatorze anos como mãe fez Solange ser alguém diferente do que gostaria. O tempo todo em casa, cuidando para que ficassem bem. No começo, Solange achava justo. Tinha alguém para cuidar dela, colocando tudo ao seu alcance. Isso era felicidade. *Isso é felicidade?* No momento, felicidade era continuar deitada na cama. Pequenas imbecilidades que ela adorava dizer que eram boas. *A vida é feita de coisas bobas que você faz parecerem incríveis para os outros.* Assim, todos irão te achar superior, ou iluminada, ou especial. *Vale a pena ser essa mãe que abandonou e desistiu de tudo, para cuidar da família?* Depois que a família se fragmenta e se perde, onde ela se encontra? *Na cama de um quarto, que seria deles, mas não é.* Quanto tempo até que as pessoas percebam que ela precisa ser resgatada, nesse calabouço de lençóis brancos bem estendidos? *Como vão saber, se nunca deu sinais que estava querendo escapar?* A melhor coisa era continuar vivendo como eles achavam que ela vivia. *Viver para os outros é o grande segredo.* Para os outros acharem que era feliz. *Ela é feliz. Não é feliz.* Qual era a verdade? Quem vê uma pessoa sorrindo, consegue ter certeza? Alguém tem ideia do esforço que é mover aqueles músculos faciais? *Pessoas são feitas de camadas e escolhem a que fica mais aparente.* A psicologia tinha lhe ensinado, mas já fazia tempo e nem lembrava mais quem teorizava sobre isso. Nem lembrava se frequentou mesmo uma faculdade e, em breve, as filhas chegarão nessa nova fase. *Que tenham mais sorte. Ou mais azar, se levar em consideração o que todos estão vendo de fora.* Não importa o que pensam, mas sim o que você escolheu viver. Isso era o que elas precisavam aprender o quanto antes, para não sofrerem tanto. Do jeito que andavam agindo, era difícil saber se conseguiriam. Solange não entendia mais as filhas. *A adolescência.* Não imaginava que seria tão complexo. Achava que as meninas cresceriam sempre próximas, como melhores amigas. Não sabia dizer o que aconteceu. *As pessoas não querem ver o erro, então fazem de tudo para encontrar outro culpado.* Foi como se tivessem chegado a uma encruzilhada e cada uma escolhesse um caminho oposto. *Uma pequena diferença de idade pode mudar tudo em certas fases.* Mudaram o jeito de ser, ganhando uma vida nova e estranha. Solange precisava se desdobrar para entender. Precisava conversar com uma de cada vez, para saber o que poderia ser feito.

Solange aguardou mais alguns minutos para ir até elas. *Esse era o seu papel de mãe dedicada.* Precisava encená-lo, mesmo não querendo sair da cama. *Da jaula. Da cela.* Levantou-se, foi até a porta de Marcela, bateu e entrou.

"O que aconteceu, querida?" Cuidava do tom com Marcela. A qualquer momento ela podia se revoltar e contra-atacar. *Ou tomar uma atitude extrema.*

"Ninguém gosta de ser controlada, mãe."

"Mas eu não quero controlar você." *Como se fosse possível.* Controlar seria a melhor forma de manter as coisas mais harmônicas nessa casa. *Será que alguma mãe consegue controlar seus filhos?* Solange fingia saber a resposta. Só não tinha certeza se fazia do jeito certo.

"Não estou dizendo você, mãe. Estou falando no geral, das pessoas."

"Não devemos nos importar com os outros." *Que mentira ridícula.* Dos papéis que precisava interpretar, mãe era um dos mais difíceis.

"Claro que também estou falando deles. Dela. Do meu pai."

"Sua irmã só tenta fazer a coisa certa. Não está querendo dizer que você está errada. É evidente que cada uma faz do jeito que acredita ser o melhor."

"Ela nunca é verdadeira. Quer que eu me sinta mal, mas a culpa não é minha."

Solange lembrou do dia em que Marcela sumiu de casa, ainda pequena, e deixou todo mundo preocupado. *A culpa sempre foi dela.* Afonso ficou revoltado. Ninguém esqueceu aquele dia, mas Solange não sabia se Marcela se importava de verdade com as consequências das coisas que fazia. *Formas diferentes de não se importar.* Mesmo depois do que aconteceu, continuou desafiando seu pai, questionando sua irmã.

"Às vezes não achamos que somos culpadas, mas temos que tentar nos colocar no lugar dos outros." *Mais uma bobagem.* Coisas que uma mãe é obrigada a falar para uma filha.

"Então peça para ela se colocar no meu lugar, uma vez, pelo menos. Eu topo esse acordo, se valer para os dois lados."

"Vou conversar com Manuela também. Se acalme e tente esquecer." *Esquecer é sempre o melhor remédio, mesmo que te faça sofrer muito mais no futuro.*

Solange saiu do quarto de Marcela, atravessou o corredor e bateu na porta. *Mudança de lado. Clima diferente.* Sempre quiseram que as duas tivessem essa independência, cada uma com seu espaço. *Acabaram criando zonas de separação.*

Solange esperou um pouco, respirou fundo e abriu a porta.

Manuela estava sentada na cama com as pernas dobradas, pés fincados no colchão e um livro apoiado nos joelhos. Da forma que balançava a perna, era impossível estar lendo de verdade.

Antes que Solange dissesse alguma coisa, Manuela começou.

"Já sei, mãe. Sei que eu deveria entender o jeito dela. Juro que tento. Eu me esforço, mas você sabe que Marcela não está nem aí. Parece que gosta de ser desse jeito. Acha que só existe ela no mundo e o resto que se dane."

"O que eu queria que você fizesse era tentar ignorar as coisas sem querer disputar." Fugir dos conflitos era a grande saída. *Bem mais fácil.* Apesar de saber que isso não fazia ninguém feliz. *E não resolvia nada de verdade.*

"Credo. Não estou disputando. Não quero nem saber da vida dela. Se quer ser desse jeito, por mim, ok. Só acho que tem que se responsabilizar pelas coisas. Faz as merdas, mas não quer pagar o preço? Assim fica fácil."

"Não fale assim."

"Tudo bem, não falo, mas então fale para ela me esquecer por um tempo. Eu não aguento mais esse tipo de coisa."

Solange não conseguiu pensar em nada de bom para dizer. *Conversas sugam as energias.* Marcela provocava, desafiava, mas ao mesmo tempo era sensível, sempre com um coração aberto.

Intensa, impulsiva. Manuela era mais quieta, pensativa, parecida com o pai, interessada nas coisas dele, no trabalho, mas também era questionadora, querendo ser justa. *As duas eram um complemento perfeito. Só não conseguiam conviver nessa fase.*

Solange sentia um pouco de inveja das filhas. Ainda com 14 e 13 anos, mas já com personalidades tão fortes. *Se ela tivesse sido um pouco assim...* Mas era tarde. Não tinha como mudar. A vida tinha tomado aquela forma. *As filhas têm as qualidades que ela precisaria para ser uma mulher de fato. Ter uma vida com mais propósito.* Deveria sentir mais orgulho do que remorso, mas as filhas lhe causavam frustração. *Tudo é uma ação do tempo.* Tudo pode mudar. Solange achava difícil de acontecer. *Talvez com as filhas.* Será que um dia iriam mudar mais uma vez? Será que um dia iriam querer ser mulheres passivas e idiotas, como a mãe? *Ela era uma péssima referência para as meninas. Sabia disso.* Ao mesmo tempo, tudo era muito imprevisível. Solange nunca seria capaz de entender o que tinha feito as duas mudarem tanto e deixarem de ser amigas.

***

Nas primeiras sessões, Manuela encarava a banqueta como um pedestal, daqueles de estátua grega, não apenas por ser dura e fria como mármore, mas por ficar ali em cima, com o corpo nu e branco, imóvel por uma eternidade, apenas para a admiração de alguém.

Esse alguém era Samuel, de quem ela sempre esperava um olhar diferente, não de artista, mas de homem mesmo, aquele olhar, sabe?, de quem quer enxergar os detalhes, as perfeições, as curvas, os orifícios. Só que esse olhar nunca acontecia e isso estava deixando Manuela de saco cheio de ficar nua, apenas achatando sua bunda naquela banqueta.

Manuela tinha perdido a conta, mas deveria ser a décima sessão, ou quem sabe a milésima, em que acontecia tudo sempre do mesmo jeito: chegar, tirar a roupa, sentar, aguardar, colocar a roupa e ir embora. Nas primeiras vezes, tinha ficado calada na maior parte do processo, ainda nervosa, imaginando o que Samuel estaria pensando do seu corpo, se ele era capaz de ver por entre suas pernas, o quanto ele a comparava com Marcela. Com o tempo, foi perdendo a vergonha e a coisa ficou mais natural. Até conseguia conversar e, quando via, o horário tinha acabado, sem Samuel deixar escapar nem um olhar de desejo ou um sorriso malicioso.

Só que nessa décima, ou milionésima vez, ela tinha decidido que seria diferente. Precisava saber a verdade.

No momento em que se sentou, Manuela deixou a perna mais afastada, abrindo caminho para a paisagem.

"Está bom assim?", perguntou Manuela. "A posição das pernas?"

Samuel tirou a cabeça de trás da grande tela.

"Para o que eu preciso, está perfeito", respondeu, voltando a preparar as tintas.

Naquela fração de segundo, Manuela achou ter percebido um olhar de quem encontra o que procura mesmo sem estar procurando. Ou será que imaginou? Foi bem sutil e não veio acompanhado de nenhuma reação a mais. Teria que esperar para ver se ele olharia mais vezes. Ela poderia ir abrindo mais as pernas, ao longo da sessão. Era uma questão de tempo.

O jeito era relaxar, curtindo o espaço vazio envolvendo a sua nudez. Manuela tinha aprendido a saborear aquele pequeno prazer: o abraço do nada. Tinha percebido que era muito diferente ficar nua em um lugar amplo. Talvez seja essa a razão das pessoas irem a praias de nudismo. A graça não está na presença de outras pessoas, nem na possibilidade de ver e ser visto, mas sim no espaço. Ficar pelada no banheiro é diferente de ficar pelada no meio da sala e muito diferente de ficar pelada naquele grande galpão. A sensação de liberdade aumenta proporcionalmente à quantidade de ar que está em volta do seu corpo, ainda mais quando ele está nu.

Sua irmã já tinha estado ali do mesmo jeito, para as mesmas sessões, sentindo o espaço todo acariciar o seu corpo, mas Manuela queria saber quais outras formas de prazer sua irmã tinha experimentado naquele lugar. Porque era evidente que tinha acontecido muito mais coisas. Bastava olhar para os vários quadros nas paredes. A maioria das pinturas de Marcela não eram naquela banqueta simplória e nem naquela posição ridícula. Marcela fazia poses muito mais impressionantes. Essa era a diferença que Manuela não entendia. Um bilhão de sessões e ela sempre sentada na banqueta, enquanto Marcela aparecia em diversos lugares diferentes do ateliê, no sofá laranja, na poltrona verde, sobre a pia do banheiro, encostada na parede, pendurada do teto, deitada no chão. Em todo tipo de posição imaginável, mostrava bem mais do seu corpo, com uma nudez muito mais interessante do que se consegue com a bunda em uma banqueta e as pernas cruzadas.

"Você não gostaria de uma posição diferente?", perguntou Manuela. "Eu não me importo de ficar de outro jeito. Nem preciso ficar sentada, se você quiser."

Dessa vez, Samuel nem saiu de trás do cavalete para responder.

"Gosto dessa posição", disse ele.

Samuel já tinha começado a pintar, com os movimentos fortes e rápidos do início do trabalho, olhando poucas vezes para Manuela, como se apenas verificasse se ela continuava lá.

Quase meia hora se passou, no mesmo ritmo de sempre, até que Manuela decidiu tentar de verdade.

"Espera, espera", disse, fingindo uma dor forte que fez Samuel parar e prestar atenção.

Manuela abriu bem as pernas e segurou sua coxa direita. Não tinha como ele não ver o que ela queria que ele visse.

"Que câimbra horrível", disse, esperando que ele viesse ajudá-la e percebesse que poderia aproveitar a situação.

Samuel apenas deixou a palheta e o pincel sobre a mesa de apoio.

"Vamos fazer uma pausa. Tente alongar um pouco que já melhora."

Manuela levantou-se e fingiu mancar. Deu uma volta pelo ateliê, sentindo o prazer de andar nua, movimentando o ar parado. Foi até a parede com vários quadros de Marcela.

"Por que você não me pinta assim?" Ela apontou para um deles, em que Marcela estava deitada em um sofá, com as pernas abertas, apenas de salto alto.

Samuel olhou para o quadro, com uma expressão avaliadora.

"Não combina."

"Por que não?"

"Vocês são diferentes."

Manuela deu uma gargalhada. No início, verdadeira, depois, acentuada por uma falsidade de quem quer mostrar que acha aquilo tudo muito ridículo.

"Diferentes?" Riu mais um pouco. "Nós duas?"

"Muito", disse Samuel. "Demais até."

Manuela sentiu um tom de provocação. Talvez ela tenha exagerado na risada.

"Nós somos iguais. Foi por isso que você me aceitou para o trabalho, não foi?"

"À primeira vista, sim. Fisicamente. Mas só nisso."

"No que somos diferentes?"

"Em tudo."

"Especificamente."

"Tudo é tudo, não tem especificidade."

Manuela começou a ficar irritada. Samuel estava fugindo da resposta, com seu jeito de professor, que explica sem explicar, que a tirava do sério.

"Mas são só quadros", disse Manuela. "Não é uma radiografia ou uma tomografia. Mostram só a parte externa. A parte que é igual."

Samuel abriu um sorriso e aquilo a deixou ainda mais irritada.

"Você entende alguma coisa de arte?", questionou ele.

"Você entende alguma coisa de pessoas? De sentimentos?", retrucou ela.

"Exato. Isso é arte. Arte é a forma de revelar as pessoas. A única forma. Mostra quem pinta e quem é retratado. Meus sentimentos e os seus. Misturados. E é por isso que eu digo que você não entendeu nada do que acontecia aqui esse tempo todo."

"E quem disse que eu quero entender?" Manuela estava andando próxima aos quadros, circulando rente à parede do ateliê. "Eu só queria entender por que você tinha um interesse pela minha irmã que não é o mesmo que tem por mim. Nossos corpos são muito parecidos. Estou aqui, nua, e você só me coloca sentada em uma banqueta idiota, por horas. Enquanto Marcela lhe oferecia muito mais."

"Você não devia falar de coisas que você não sabe. Sua irmã é uma artista. Ela assume diferentes papéis. Ela se transforma a cada instante. Ela não é quem você pensa que ela é. Nunca foi."

Manuela deu outra risada e foi pegar suas roupas.

"Eu conheço bem a minha irmã. Eu cresci com ela, esqueceu? E sei que ela fugiu porque não aguentou tudo que rolava. Meu pai, minha mãe. Muito provavelmente, não aguentou você também. Esse seu jeito."

Manuela começou a colocar suas roupas.

"Marcela tem uma missão com a arte. Ela não encara as coisas como as pessoas normais. Essa é a diferença."

Por mais que Manuela entendesse o que ele estava querendo dizer, sentia ódio por estar ali. Sentia inveja dessa Marcela que ela sabia muito bem como era e odiava saber que poderia ter sido igual. Ainda poderia ser, apesar de Samuel achar que não.

Manuela terminou de se vestir e saiu sem se despedir.

***

Afonso saiu do quarto da UTI redefinido. Ver a filha inconsciente e machucada tinha causado um mal-estar, mas ao mesmo tempo fez seu mundo recuperar os valores práticos e reais, como se tivesse voltado a executar suas funções naturais, de forma limpa e fluida, da maneira correta.

Os últimos dois anos pareceram uma equação falha, que gerava sempre o mesmo resultado: Marcela = 0. Agora, poderia reiniciar o que tinha sido interrompido, sem inconsistências. Sem precisar expor a percepção que formulou sobre o seu sócio, sem contar para a polícia o que tinha acontecido no passado, com Jaqueline. Essas seriam apenas novas variáveis, que prejudicariam a situação atual. O dado relevante tinha sido corrigido: Marcela = 1. Reset.

No saguão do hospital, Afonso alcançou Solange e Manuela.

"O que acham de irmos juntos?", sugeriu ele.

Solange não parou. Apenas o encarou por um instante, disse "Juntos para onde?" e saiu pela porta principal.

Manuela ficou um pouco para trás, ainda levada pelo campo magnético da mãe, mas atraída pelo pai, que a alcançou e a conduziu para fora, tentando acompanhar Solange.

"Para nossa casa", disse ele. E, ao perceber o ato falho, se corrigiu: "Para a casa de vocês. Podemos decidir o que fazer para receber Marcela. Pensei em um jantar, apenas para alguns amigos, os que mais nos deram apoio. Fazer o prato preferido dela."

Solange parou e esperou ele chegar mais perto. Manuela continuava encolhida ao seu lado.

"Você enlouqueceu nesses dois anos, não é, Afonso? Cadê o cara racional que vivia aí dentro? Tudo o que você tomou deve ter mexido mesmo com o seu cérebro. Só isso para explicar o fato de você querer dar uma festa neste momento."

Afonso lembrou do frasco de comprimidos que pegou com Drico no último encontro. Deveria ter jogado fora assim que recebeu a ligação de Fausto.

"Um jantar. Só para amigos", explicou ele.

"Nem sabemos se aquela moça é Marcela. Pode ser qualquer menina que foi abusada. É a coisa mais comum hoje em dia. Desfigurada daquele jeito, pode ser qualquer uma, Afonso. Não conseguiram nem identificá-la de imediato. Eu acho que você está indo muito rápido com isso. Acho bom nem ficar espalhando a notícia. Inclusive, vou falar com Fausto e exigir o máximo de sigilo no caso. Conseguirei uma ordem judicial, se for preciso. Você quer mais um sofrimento? Uma nova perda? A imprensa em cima de novo?"

Afonso balançou a cabeça, sorrindo. A negação de Solange era curiosa e engraçada.

"Você não pode estar falando sério. Nossa filha voltou e você ainda está insegura, achando que vamos sofrer? Isso não acontece dessa forma. Você mesma fala em seus vídeos. É o fim do sofrimento. O desfecho que esperávamos."

Solange preparava-se para responder, mas Manuela balançou o braço, soltando-se de Afonso, e começou a falar alto, quase gritando.

"Como você pode achar que está tudo bem, pai? Você não viu como Marcela está? Você não viu que ela é outra pessoa, agora? Como você pode achar que vamos ser os mesmos, depois de tudo que a gente passou, e do que ela passou, depois de tudo que vivemos, achando que Marcela tinha abandonado a gente para curtir a vida? Ela não estava em um lugar legal, pai. Estava sendo violentada até ficar assim." Manuela apontou para o prédio do hospital. "A mamãe tem razão. Ela não é mais Marcela. Não venha dizer que tudo está bem, porque não está."

Solange puxou a filha em direção ao carro. Afonso ficou tentando entender e aceitar as reações. Vários elementos precisam ser reconfigurados para um sistema voltar a funcionar de maneira correta. Levaria um certo tempo, mas tudo poderia ficar bem.

***

Para Solange, era tudo surreal. As últimas semanas tinham saído do fluxo natural das coisas e, apesar de nunca ter concordado muito com esse fluxo, ela gostava da rotina que ele gerava. Quando perguntada, sempre respondia que adorava essa vida de hábitos e manias. *Uma boa mentira.* Vivia em uma prisão, conhecida e calma, onde a única vantagem era ter o controle de sua própria pena. A qualquer momento podia se autopunir com um período na solitária e ficar riscando dias na parede da sua mente.

Sua rotina só mudou com o caso que ninguém era capaz de resolver. *Ninguém parecia querer.* Um grande problema com minúsculos focos de angústia ao seu redor. *Muita coisa fora do normal.* A voz de Afonso era ouvida o tempo todo, há dias sem sair de casa. *Definitivamente, não era normal.* A campainha tocava várias vezes, os celulares, infinitas vezes. Muitas vozes. *Pessoas loucas ouvem vozes ou as vozes ouvidas é que deixam as pessoas loucas?* O que querem ouvir dela para que possa voltar para a solitária?

O caso mudou tudo. Os policiais habitavam a sala, que não era mais dela. *Nunca foi. Quando se ocupa um espaço por um grande tempo, ele passa a ser seu?* A frente da casa era dos jornalistas. *Vários antes, alguns agora.* A notícia não tinha mais graça. *Quando teve?* Uma adolescente que sumiu de uma hora para outra. Uma adolescente bonita, filha de um empresário bem-sucedido. *Bem-sucedido em quê?* Uma filha que some enquanto ia para a faculdade. Repórteres queriam entrevistas exclusivas, equipes de rádio falavam ao vivo, direto da calçada, vans de TV passaram algum tempo estacionadas, na entrada da Casa dos Gusmão. *Casa dos Gusmão.* O lugar ficou conhecido assim. *Mais um sinônimo para prisão.*

Depois de uma semana, ou duas, ou três, perderam o interesse. Solange já podia sair sem o risco de ser atacada por perguntas e flashes. *Sempre as mesmas perguntas, cada vez menos flashes.* Os jornalistas com seus questionamentos automáticos e a típica falta de atenção na resposta. *Se respondesse alguma besteira, nem iriam perceber.* Só um jornalista parecia ouvir antes de falar. *William.* Um dia, quando Solange estava saindo, perguntou como ela estava se sentindo. Desacostumada, emudeceu. Era sobre Marcela que perguntavam, nunca sobre quem ficou. *William, não.* William quis saber como ela estava enfrentando tudo aquilo. Nem Afonso, nem o investigador, nem Manuela tiveram essa curiosidade. *William, sim.* Ela, que fazia questão de ficar na cama, vendo histórias de Marcela passarem no teto, começou a descer mais, ir até o quintal. *William gostava disso.* Solange gostava das perguntas.

"Aguente mais um dia", William dizia sempre no final. "Só mais um dia. Lembre-se: o hoje só existe porque conseguimos superar o ontem."

Por mais boba que fosse, aquela frase ajudava. Solange aguentava. Começou a ficar mais fácil, sabendo que alguém se importava. *Um sentimento novo, depois de anos.* Mais dele do que dela. *Mesmo assim era bom.* William nunca chegava arrancando as coisas. Foi só depois, quando tudo já estava esfriando e ninguém mais passava o dia todo no portão da Casa dos Gusmão, que ele perguntou o que Solange achava da ideia de falar para os outros sobre o que estava passando.

William era repórter de umas das emissoras locais e soube que fariam um programa especial, sobre os sofrimentos que as pessoas são obrigadas a enfrentar. Como o caso já estava perdendo o interesse, seria uma chance de falar para uma audiência maior, para um novo público. *Era loucura imaginar que em algum momento teve interesse.* Segundo William, como ninguém havia entrado em contato e Manuela insistia que a irmã tinha apenas fugido de casa, a polícia passou a considerar essa a versão oficial. *Fugir sempre parecia uma boa solução.* Nesse contexto, o depoimento para o programa era uma excelente ideia. *William tinha segundas intenções. É óbvio.* Mas, se ajudaria o caso, por que não? Seria importante mostrar o lado emocional, da mãe que não sabe onde a filha está, sensibilizando as pessoas, para darem mais atenção ao caso.

Solange relutou. Não se sentia capaz de falar sobre algo que nem ela entendia. *Quem seria capaz?* Mas então a polícia descobriu a carta de suicídio da amiga de Marcela, abrindo a possibilidade de a filha ter feito o mesmo. Para Solange, tudo ganhou um peso diferente. *Isso mudava tudo.*

A participação no programa foi estranha, mas, quando terminou, William disse que ela tinha sido perfeita. *Segundas intenções, com certeza.* Dois dias depois, ele ligou e pediu para se encontrarem.

"Você viu no ar?", perguntou William assim que chegou.

"Vi. Fiquei com vergonha, mas vi." *Não iria admitir que sentiu prazer.*

"Vergonha de quê? Você foi incrível e já tivemos repercussão. O pessoal do atendimento disse que várias pessoas já ligaram por causa da entrevista."

Solange não falou nada. *O prazer de novo.* Não entendia no que isso poderia ajudar, caso a filha tenha mesmo cometido suicídio ou fugido para não ser encontrada. *Mas a atenção fazia ela se sentir bem.*

"Eu sei que pode parecer bobagem", disse William, "mas as pessoas gostam de se envolver, de ficarem tristes junto com você, sentir sua dor. As pessoas são assim. É isso que faz todo mundo ver filmes, novelas, programas de TV. E tem o lado positivo. Essas pessoas agora estão pensando em você e em Marcela, se virem alguma coisa suspeita, vão avisar, vão ficar atentas."

"Marcela pode ter se matado, esqueceu?"

"Ninguém tem certeza e, nesse caso, é bom não terem certeza. As pessoas se mantêm interessadas."

"Pensando assim, foi bom, então."

"Com certeza foi. Você tem jeito para isso. Mexe com as pessoas. Como psicóloga, sabe o que dizer."

"Não esqueça que eu só me formei. Nunca trabalhei."

"Mas poderia trabalhar. Como uma especialista. Seria uma forma de você ajudar outras pessoas na mesma situação. Eu vou tentar marcar participações em outros programas, já que a repercussão foi boa, e quero gravar um vídeo para colocar na internet. Com um resumo do que você disse no programa, pode ser?"

"Vídeo?"

"Sim. As pessoas teriam o que compartilhar e mantemos o assunto sempre vivo, falando de Marcela. Falando o que você está sentindo."

"Não sei se eu saberia como fazer isso."

"Eu te ajudo", disse ele. *Mais segundas intenções.* "Tenho certeza que as pessoas vão adorar ouvir você falar sobre a relação com a sua filha. Com o tempo, podemos fazer novos vídeos, respondendo aos comentários. As pessoas querem se envolver, sentir o que você sente, sentir que você é como elas. É isso que faz sucesso hoje."

"Acho que podemos tentar. Se você me ajudar, porque nem câmera eu tenho."

"Pode deixar."

***

Manuela subiu correndo, bateu a porta e trancou-se. Detestavam esse tipo de atitude, mas o que importa? Seu pai não morava mais lá e sua mãe não estava com a mínima cara de que iria ter um momento mãe-preocupada. Ninguém falava com ela já havia algum tempo. Tinha virado um ser inexistente, falso e ridículo. E idiota, como descobriu agora.

Como pôde acreditar que sua irmã tinha acordado, em um dia normal qualquer, e decidido ir embora? Existiram sinais, é claro. Mas por que ela acreditou tão rápido? Como pôde ter passado todo esse tempo fazendo o que fez, enquanto Marcela estava lá, sendo estuprada e apanhando e passando fome, ou comendo merda, ou comendo terra, ou inseto ou, sabe-se lá o que ela comia para ter ficado daquele jeito?

Manuela se revirou na cama, com lágrimas escorrendo em uma fonte interminável de angústia. E de ódio. Dela mesma e do culpado. Ódio de nem conseguir imaginar quem poderia ser o culpado. Só ficava imaginando tudo que ele fez para deixar Marcela assim. Sempre achou que em um momento qualquer, daqueles em que você nem está pensando, receberia uma ligação, ou um e-mail, da irmã, dizendo que estava vivendo algo incrível. Ou apenas um SMS de um número misterioso, dizendo: assista ao novo filme do Di Caprio e veja quem aparece na cena tal. Ou do George Clooney. Os atores favoritos delas quando crianças, quando ainda eram irmãs de verdade. Nesses dois últimos anos, Manuela tinha certeza de que Marcela estava vivendo uma outra vida, melhor e mais feliz. Nunca pensou no pior, mas o pior tinha acontecido e destruído Marcela.

Um fio de baba escorreu junto com as lágrimas. Os soluços tiravam seu fôlego. Manuela batia a mão na cabeça, tentando parar de pensar.

Queria saber o que fazer com a volta de Marcela, mas só conseguia lembrar de como agiu nesse tempo todo. Como pôde ter feito tudo aquilo, enquanto sua irmã sofria de verdade? Perdão era uma coisa que ela não merecia. Não mesmo. Quis ser Marcela justo no período em que nem Marcela queria ser Marcela. Manuela não parava de pensar em tudo que fez, machucando ainda mais a irmã. A raiva mergulhava dentro dela, tocava o fundo e emergia em forma de choro e baba e muco, transformando seu rosto em um monstro. Não merecia ser bonita, nem ao menos aceitável, já que sua irmã estava daquele jeito, de dar pena e medo de olhar. Manuela se culpava por não ter conseguido olhar por muito tempo para Marcela, por vergonha de ter achado que a irmã tinha ficado bem todo esse tempo. Vergonha de ter provado um pouco de tudo, do corpo da irmã, dos desejos da irmã. Abusou do corpo de Marcela, sem ser Marcela e sem ter o corpo da irmã. Ela também fez parte disso, com outro tipo de cativeiro. Era uma criminosa. Sem perdão.

Manuela sentou-se na cama, tentando respirar, se acalmar. Inútil. Lembrou-se de si mesma com aqueles caras, que queriam Marcela e não ela. Lembrou que ficava nua, na frente de Samuel, durante horas, desejando Samuel, durante dias, imaginando ser Marcela, sempre. Naqueles mesmos momentos, Marcela estava sofrendo de verdade, sem sentimento algum.

Manuela tirou toda a roupa e foi para o chuveiro. Lembrou-se de todas as mãos, passando no seu corpo, mas sentindo o corpo de Marcela, sonhando com Marcela, desejando Marcela. Ela mesmo querendo que pensassem que era Marcela, que comiam Marcela, que chupavam Marcela. Tudo isso enquanto a Marcela de verdade estava lá, sendo comida e chupada e violada por um monstro de verdade, em algum lugar sujo.

A água da ducha levava as lágrimas e a baba, passando por todo o corpo. Como acreditavam que uma era a outra? Uma estava bem, a outra quase morta. Uma estava feliz, a outra sendo violentada. Uma estava violentando a outra.

Manuela sentiu-se mal por todas as vezes que se sentiu bem nos últimos dois anos. Não era justo. Nem com Marcela, nem com ninguém.

Se elas sempre foram parecidas, por que ele não a escolheu?

Ela também fez uma escolha e tinha consciência disso. Manuela foi seu próprio monstro, abusando e deixando que abusassem, dela e de Marcela. Fez a irmã sofrer em dobro. Torturada de duas formas. Não sequestrou Marcela, mas foi cúmplice de todo o mal que a irmã sofreu. Será que um dia será capaz de contar para Marcela tudo que fez?

Manuela desligou o chuveiro, sentou-se no chão do banheiro e ficou, por algumas horas, pensando em tudo de novo.

***

"A escolha é minha. É a minha vida."

"É com ela mesmo que eu estou preocupado, Marcela. É o meu papel, como pai."

"Outra opção seria você ficar feliz, por eu saber o que eu quero fazer na minha vida. Isso seria muito legal também. Um apoio já resolve, sabia? Não precisa vir com essa conversa idiota de futuro. Esse seu jeito de raciocinar. O futuro é muito longo, eu mal fiz dezoito anos, esqueceu?

"Por isso mesmo. Você não pensa nas coisas que deveria pensar, porque você só tem dezoito anos. Acha que tudo será maravilhoso, que vai ser fácil se sustentar e manter uma vida boa sem ter uma profissão que garanta um mínimo necessário. Não existe intersecção nesses conjuntos. Não existe lógica que combine os dois mundos. Você vai precisar de dinheiro e não será essa vidinha de teatro que vai dar o que você precisa."

"Esse é o seu problema. Você só pensa em lógica e dinheiro. Em causa e efeito. Um cargo que te define. Uma profissão que dá resultado financeiro. O superengenheiro. O dono de uma empresa moderna. Isso garante tudo, pai? Sei que compra muita coisa boa, mas o que mais te dá? Alegria eu vejo que não."

"Dá futuro, mas já vi que você não se preocupa com isso. Só não quero que depois você venha pedir para eu te ajudar.

Você pode fazer o curso de teatro, sem problemas. Só não vou ajudar em nada, está entendendo? Em nada. Não vou bancar uma fantasia alucinada. Você vai ter que descobrir sozinha que isso não é uma profissão. Quero só ver quanto tempo vai durar essa sua decisão."

***

Solange parou na porta, inalou um pouco de normalidade, deu uma batida de leve e entrou. O sorriso de Bernardo apagou toda a preocupação que ela alimentara durante o trajeto do hospital até o Instituto. Um sinal de que as coisas ficariam bem. Só não era mais perfeito porque William estava lá, sentado na frente de Bernardo. *Sem o menor cabimento.* O que será que os dois ficaram conversando enquanto ela estava no hospital? Será que Bernardo estava sorrindo porque estava feliz em vê-la ou por algo que William tinha acabado de falar? *Isso é o que acontece quando as coisas fogem ao controle.* Solange conseguiu manter o sorriso e fingir que a intromissão era algo aceitável. *Respira. Em breve as coisas voltarão ao normal.*

"Querida, que bom que você voltou", disse Bernardo, caminhando até ela.

Ele é sempre muito educado. William mal se virou.

"Um pequeno contratempo, mas já estou aqui."

"A recepcionista disse que você recebeu uma ligação

do hospital e saiu em seguida. Ficamos preocupados", disse William. *Idiota enxerido.* Esse era o efeito colateral da relação que tinha construído. Solange sabia que tinha culpa e estava determinada a resolver o problema. *Já vinha cortando aos poucos.* Agora precisava acelerar as coisas ou colocaria a situação com Bernardo em risco. *Sem tempo para bobagens.*

Solange cumprimentou Bernardo com um abraço delicado e um beijo no rosto. Só depois deu alguma atenção a William. *Cada um com sua devida importância.*

"Um simples mal-entendido", ela disse, disposta a não explicar demais. "Um contratempo que atrasou nossa reunião, mas aqui estou. O que achou da palestra de ontem à noite, Bernardo?" *Precisava voltar para o foco principal da conversa.*

"Sensacional. Saíram todos impressionados. Inclusive eu", disse Bernardo.

"Que maravilha. Fico feliz em saber."

"Mas não era nada grave mesmo no hospital?", insistiu William, querendo estragar aquele momento que deveria ser de celebração. *O que ele ganha com isso? O que ele ainda está fazendo aqui?*

"Apenas um erro de identidade", disse Solange. "Confundiram nomes sem checar os documentos. Uma moça sofreu um acidente e tinha o mesmo nome da minha filha. Cheguei lá e era outra pessoa, acredita? Em vez de checarem a documentação toda, só me fizeram perder tempo. Nada de grave comigo. Olha só, estou bem." Solange abriu os braços, deu uma risada e sentou-se na poltrona que Bernardo havia puxado para ela. *Ele sim sabe tratar uma mulher.*

William a conhecia muito bem para entender que ela não estava querendo tocar no assunto, mas, ultimamente, andava fazendo essas coisas de propósito. *Ciumento.* Também culpa dela, que tinha explorado esse interesse até o limite. Desde o início, deixou William acreditar que tinha uma chance. O que foi útil, até certo ponto. *O bobo fazia tudo que ela queria.* O problema é que ele começou a achar que fazia parte dos detalhes da vida dela. *Como poderia imaginar que não precisaria mais dele tão cedo assim? Como saberia que o homem certo iria aparecer tão rápido?*

"Muito bem, querida, vamos lá", disse Bernardo, enquanto voltava para a sua cadeira.

Muito bom ouvir essa palavra. *Querida. Querida. Querida.* Aquilo ecoava na cabeça de Solange. *Na voz dele, era ainda melhor.* Solange já tinha reparado que Bernardo usava querida apenas com pessoas especiais.

"Está claro que você é mais do que bem-vinda aqui no Instituto. O nosso público adorou esse seu primeiro momento. Ficou evidente que nossa parceria está pronta para acontecer."

"Eu nem acredito." *Claro que acreditava, mas precisava valorizar a notícia.* "O Instituto sempre foi um dos meus sonhos, desde o primeiro vídeo do canal. Ter essa oportunidade de atingir mais pessoas é o que eu sempre quis." *E conseguir um novo amor deixa tudo mais perfeito.*

"Eu estou de prova", disse William. "Eu gravei o primeiro vídeo, ainda quando trabalhava na TV. Depois veio todo o sucesso do canal e esse interesse de nos ligarmos a algo mais sério, ter uma base sólida, de um instituto renomado como o seu. Isso dá uma credibilidade que nós sempre desejamos."

O que esse idiota está falando? William estava querendo marcar seu espaço, como se fosse o responsável por tudo. *Inacreditável. Como ele podia ser tão pretensioso? Cheio de ciúme.* Solange fazia tudo e ele queria levar a fama. O pior é que estava conseguindo atrair a atenção de Bernardo.

"Então vocês trabalham juntos desde sempre?"

"Quase dois anos", disse William. "Eu consegui a primeira entrevista de Solange. De lá pra cá, sempre juntos. Parceiros perfeitos."

Solange tentou manter o sorriso, mas estava sendo difícil. *Toda essa conversa ridícula sobre William.* Era evidente que ele tinha ajudado, no começo, mas depois que ela pegou o jeito, nem teria mais necessidade de mantê-lo. *Pura pena.* Foi ficando, como um cachorro que vai se apegando e você fica com dó de se livrar. Mas agora William estava virando uma ameaça. *Ele nem precisava estar aqui.* Deveria ser uma conversa íntima, inclusive em outro local. *Em um restaurante, à luz de velas, quem sabe.* A presença de William fazia aquilo parecer uma reunião de negócios. *Com certeza, não precisava mais dele.* Do jeito que William falou, dava a impressão que tinham um caso. *Como amantes.* Tudo bem que ela alimentou essa ilusão, mas a necessidade agora era outra e precisava deixar claro que nunca tiveram nada. *Nunca teriam.* Solange nem o considerava mais como seu amigo, muito menos um parceiro. *Parceiro? Que palavra patética. Que história absurda de parceria era aquela?*

"William se tornou o melhor assistente que eu poderia desejar", disse Solange. "Mesmo que eu procurasse um outro funcionário com essas características, nunca encontraria, nem pagando o dobro."

Solange viu William ficar sem graça. *Ele entendeu o recado.*

Bernardo continuou explicando o processo de incluí-la no Instituto e, em seguida, o papel de William como coordenador de conteúdo, mas Solange não prestou muita atenção nessa última parte, para não dar importância. Queria que William fosse esquecido e cuidaria disso. Aquele momento era só dela.

***

Manuela estava em cima da sua cama, que naquele momento era um castelo, que já tinha sido uma torre, daquelas com calabouço e tudo mais. Também já tinha sido uma charrete, daquelas antigas, com roda grande de madeira, que até podem lembrar um carro de boi, só que é diferente, a roda, porque tem furo que dá para ver do outro lado, como as das bicicletas, que cada uma tinha a sua. No tapete do quarto, que era o fosso, que tem esse nome mas é um lago, que contorna toda a muralha, Marcela estava nadando contra jacarés enormes e violentos, mantidos ali para destroçar quem tentasse invadir o castelo para roubar o amuleto mágico, que ficava no centro do labirinto, nos fundos da propriedade, que era bem maior do que parecia. Marcela conseguiu se livrar das feras assassinas e escalar as muralhas do castelo, apoiando-se nas pedras salientes, que facilitavam a subida.

De pé, em cima da cama, que agora era a torre mais alta do castelo, as duas meninas se abraçaram.

"Conseguimos."

"Mas esse é só o primeiro passo para a nossa vitória, Senhorita Marcela de Além-Mar."

"Eu sei, Senhorita Manuela das Terras Distantes. Agora vamos correndo para o labirinto, sem perder nem um segundo."

As duas pularam da cama e atravessaram o corredor até o quarto de Marcela.

Manuela parou na porta e Marcela fez um olhar de interrogação, não entendendo a pausa.

"O labirinto. Esquecemos", disse Manuela. "Tínhamos que ter preparado antes, para não ter que sair dos personagens."

"Imagine que é um intervalo entre atos", disse Marcela. "Igual naquela peça que vimos com a mamãe."

Marcela deitou-se na cama e pegou sua boneca favorita, dentre as várias que tinha, aquela com vestido amarelo de que ela gostava, como se merecesse atenção especial, e cuidava bem mais dessa boneca, sempre mais arrumada, com a roupinha sem amassar. As outras bonecas também eram lindas e poderiam muito bem ocupar a vaga de favorita, algumas até mais interessantes, diferentes, que falavam, que mexiam. Mesmo assim, Manuela entendia a escolha da irmã. Se não escolhemos uma, ficamos com várias coisas favoritas, que deixariam de ser favoritas e passariam a fazer parte da lista das coisas normais, e perderia todo o sentido. De qualquer forma, elas já estavam deixando de gostar de bonecas, então Manuela não se preocupava mais com essas escolhas. Bonecas eram só uma lembrança de quando eram crianças pequenas e, agora, que ela estava com nove anos e Marcela tinha dez, não parecia fazer mais diferença. A brincadeira atual era serem atrizes de cinema, ou de novela, ou de filmes da Sessão da Tarde, não importava. Mais do que um passatempo bobo, era uma preparação, um ensaio, porque estavam decididas a atuarem e planejavam tudo a respeito, não só as peças que criavam sozinhas como também o futuro, quando iriam trabalhar de verdade. Imaginavam que esse futuro não estava tão distante, afinal viam crianças nas novelas o tempo todo e isso significava que essas crianças não esperaram e começaram ainda pequenas. Não eram anões fingindo serem crianças, eram crianças de verdade, que já podiam trabalhar, e era com isso que as duas sonhavam.

Manuela sentou-se ao lado da irmã, triste por ter que parar a cena para montar o labirinto. Marcela aproveitava para descansar da luta com os jacarés.

"A chegada no castelo ficou muito boa."

"Também achei."

"Eu senti como se fosse real."

"É assim com os atores de verdade. Estão atuando, mas sentem o que os personagens sentem." Marcela parou, pensativa. "Ou será que eles fazem tudo pensando em atuar?" Buscou a resposta por mais um tempo. "A gente nunca vai saber se a gente não fizer o curso."

"A mamãe disse que vai convencer o papai."

"Eu duvido. Já faz tempo."

Fazia mesmo muito tempo que tinham pedido para entrar nas aulas de teatro. A mãe sempre argumentava que falaria com o pai, mas elas nunca viam isso acontecer. O pai sempre estava trabalhando e nunca conversava com a mãe delas, mas se ela disse que falaria, deve ter falado, ou está falando aos poucos, como notícia ruim. Será que isso seria considerado uma notícia ruim? Não podia ser. O que teria de ruim em ser uma atriz famosa? Nada.

"Mesmo assim, não vamos desistir do nosso plano", disse Marcela, fazendo uma voz diferente, como se fosse um personagem. "Um dia faremos uma novela juntas."

"Vamos ser atrizes", disse Manuela. "Mas acho difícil trabalharmos em uma mesma novela. Somos muito parecidas. A não ser que a gente faça papel de irmãs. Mas isso reduz as nossas chances?"

Manuela tentava analisar seu próprio comentário, olhando para o teto, com estrelas amareladas que à noite tinham que brilhar no escuro, mas não brilhavam tanto assim.

"Não sei como", disse Marcela. "Só sei que vamos trabalhar juntas e não importa de que forma."

"Vamos ganhar todos aqueles prêmios."

"Vou dedicar a você."

"Eu vou fazer um discurso enorme falando que você é a melhor e eu só ganhei o prêmio por sua causa."

"Seremos as duas melhores. Está decidido. Agora vamos montar o labirinto."

***

Se alguém vasculhasse a mente de Afonso, como quem faz uma busca em um HD, e procurasse pela palavra "polícia", encontraria poucos resultados e as imagens seriam aquelas bem estereotipadas, criadas por filmes e séries de TV. Por isso, Afonso estranhou os três policiais que a câmera do interfone de casa estava mostrando. Não se pareciam e nem agiam como os policiais cinematográficos. Por algum motivo inexplicável, os três homens estavam rindo enquanto aguardavam e, ao entrarem, também não seguiram o roteiro esperado. Fausto, o investigador com quem Afonso conversara na delegacia, entrou calmamente e, em vez de chegar fazendo perguntas, tomando notas e tirando fotos, apenas apresentou os dois colegas da perícia, pedindo autorização para que eles analisassem o quarto de Marcela, e ficou aguardando. Afonso pediu para Manuela mostrar o quarto da irmã para os dois homens e apontou a direção da sala para Fausto, onde Solange aguardava, encolhida em um sofá.

"Há quantos dias ela está desaparecida?", perguntou Fausto depois de se acomodar na poltrona.

"Dois", disse Afonso.

"Na verdade, quatro", disse Solange ainda sem olhar para nenhum dos dois.

Fausto olhou para Afonso, depois para Solange.

"Faz dois dias que notamos a falta", disse Afonso.

"Quatro dias que não a vemos", insistiu Solange.

"Ninguém me avisou isso."

"Você não estava em casa."

"Mas eu precisava saber, não precisava?"

Solange não respondeu e virou-se para Fausto.

"Marcela tinha ido dormir na casa de uma amiga", contou Solange. "Então, são quatro dias que não a vemos, mas faz dois dias que ninguém sabe direito onde ela esteve e nem por onde andou."

"Então é comum ela ficar alguns dias fora de casa?", perguntou Fausto.

Afonso podia perceber o raciocínio de Fausto, conectando os fatos como se fossem variáveis simples. Na delegacia, o investigador tinha demorado a aceitar que era um caso de desaparecimento. Segundo ele, isso era algo comum entre adolescentes.

"Mas ela nunca passaria tanto tempo assim sem dar notícias, isso a gente pode ter certeza e quero que você leve isso em consideração", disse Afonso. "Nós sabemos o que estamos falando. Conhecemos a nossa filha."

Solange encarou Afonso, como se dissesse: "Não fale bobagem, você não sabe de nada, você é o culpado disso tudo."

Manuela, que tinha acabado de descer novamente, aproximou-se do sofá em que Solange estava, mas não se sentou. Ficou encostada na parte lateral do encosto, de braços cruzados. Fausto olhou para ela, sem interromper a conversa.

"Posso imaginar como são essas coisas. Filhas nessa idade. Você me disse que são duas, certo?"

"Isso. Um ano de diferença. Marcela é a mais velha."

"Alguma coisa fora do comum que tenha acontecido nos últimos dias? Uma briga ou algum comportamento estranho? Com vocês ou com alguém próximo?"

"Não", disse Afonso.

"Sim", disse Manuela, ao mesmo tempo.

Afonso virou para a filha, aguardando uma explicação. Fausto também a encarou.

"Marcela andava diferente nos últimos tempos", contou Manuela. "Ela estava sempre abatida. E séria. Meio depressiva, eu acho. Não era o jeito dela."

"Nossa filha sempre foi muito alegre e espontânea", disse Afonso, para Fausto. Ele lembrou do jeito de Marcela quando brigaram a última vez. "Momentos de tristeza ou raiva são normais na adolescência. Não podemos estabelecer uma relação assim direta. Ela não parecia ter brigado com alguém específico."

"Ela estava bem descontente com alguma coisa", comentou Solange.

Afonso ficou incomodado. O que ele não tinha visto nos últimos dias? O que ele tinha causado?

"Ela falou que estava pensando em fugir", disse Manuela, pegando todo mundo desprevenido.

"Como assim?", perguntou Afonso. Solange ficou surpresa e ele sentiu um certo alívio, por não ser o único dessa vez.

"Ela realmente disse que iria fugir?", perguntou Fausto.

Manuela olhou para todos antes de responder.

"Não disse assim, dessa forma, mas meio que disse, em uma conversa aleatória. Não lembro direito, porque na hora não parecia que era de verdade, mas fiquei com isso na cabeça. Tive essa sensação de que ela estava procurando escapar de alguma coisa que não estava deixando ela feliz."

Solange se endireitou no sofá.

"Eu olhei o quarto dela. Ela levou algumas roupas em uma mochila."

"Não seria a roupa que ela levaria para dormir na casa de uma amiga?", perguntou Fausto.

"Pareceu bem mais do que o necessário. Tinha vários cabides vazios no armário", respondeu Solange.

"O necessário para uma viagem?", insistiu Fausto.

"O que você está querendo dizer?", questionou Afonso. "Não acho que isso seja o mais lógico. Nossa filha era uma pessoa feliz."

"Ela andava estranha", disse Solange. "Mas se tivesse fugido, teria ido de carro, só que o carro está aqui."

"Mas isso tem um motivo", disse Afonso.

Todos se viraram para ele.

"Tivemos um pequeno desentendimento na semana passada. Fiquei irritado. Não sabia o que fazer. Peguei a chave do carro e não deixei ela usar essa semana. Ela deve ter ido para a aula de ônibus."

"É um detalhe importante", disse Fausto. "Vamos investigar que linhas ela pode ter usado. Ou se pegou um táxi."

"Ela não deve ter ido de táxi", disse Solange. "Ela estava economizando nos últimos tempos, juntando dinheiro. Talvez para uma viagem mesmo."

Afonso não gostou da insinuação de Solange.

"Ela não viajou. Ela foi sequestrada", disse ele.

"Peço que vocês me passem o máximo de detalhes sobre os hábitos e horários de Marcela. Também contatos de amigos. Precisamos levantar toda a rotina dela."

Enquanto Solange e Manuela passavam as informações, Afonso ficou pensando na chave do carro, ainda na sua gaveta. Ele tinha sido duro com a filha, mas seria motivo para fugir de casa?

Não poderia. Sem dúvida era um caso de sequestro, mas, de qualquer forma, o culpado era ele.

***

Solange estava revisando o último vídeo gravado. Gostava de parar em alguns momentos, observando os detalhes. *Sempre precisa melhorar alguns trechos.* Via seu rosto congelado na tela e admirava o resultado. *A maquiagem suave combina com o tema.*

Deu play mais uma vez.

"Agora vamos para o Passo 3 do Programa. Nesse passo, o importante é você entender e aceitar seu sofrimento. Dor é algo poderoso, que nos faz mais forte, como uma camada protetora. Como a pele quando toma sol. Se você não está acostumado, arde. Com o tempo, vai ganhando resistência, se adaptando."

Precisava regravar essa parte por causa de uma pequena gaguejada.

"Nunca vamos conseguir desligar o sol. Ele vai estar lá todos os dias. O que precisamos é entender, aceitar e aprender a controlar a intensidade. Sol é bom, na quantidade certa. Demais, pode matar."

Essa parte poderia terminar um pouco mais introspectiva.

"A mesma coisa é o sofrimento. Ele sempre vai existir e é bom que exista, para nos lembrar das nossas buscas. Mas precisamos saber tirar proveito dele. Sofrimento pode ser positivo, se você canalizar e fazê-lo te dar forças para lutar, trabalhar, vencer desafios."

Nesse ponto, tinha que ganhar vida. Mostrar a vantagem de sofrer. É uma parte bem incoerente, então precisa ficar clara.

"Você acha que um maratonista gosta da dor que sente nas pernas, do cansaço, da desidratação? É óbvio que não. Do que ele gosta é saber que percorreu toda aquela distância e chegou ao final. O sofrimento existe, está presente, mas é a recompensa que faz todos correrem. Você também pode tirar proveito do sofrimento, se entender o papel dele. Esse é o Passo 3 do meu programa: 12 Passos para Transformar Sofrimento em Força. Inscreva-se agora mesmo."

Solange parou o vídeo de novo. *Era maravilhoso ter esse dom de falar e fazer todos acreditarem.*

***

Manuela decidiu manter seus compromissos, em uma busca por normalidade. Tentava arrancar a imagem da irmã cravada na sua cabeça, mas a rotina se encarregava de recolocar as lembranças lá dentro. A parede do ateliê, coberta de telas da irmã, era uma cachoeira de Marcela, afogando Manuela em novos sentimentos de culpa e incerteza.

Seguiu seu roteiro básico para não ter que falar nada, já que tinha concordado com o pedido de seus pais e da polícia de não comentar com ninguém sobre a volta de Marcela. Chegou, cumprimentou Samuel, tirou a roupa e sentou-se.

"Você está diferente", disse Samuel, saindo do script esperado. Ele não costumava falar durante a fase de preparação das tintas e da tela.

"Devo estar", disse Manuela. "Não dormi muito bem."

Ela tinha até pensado em usar maquiagem para disfarçar a destruição causada pelo choro, mas achou que chamaria mais a atenção, afinal ela nunca se maquiou para as sessões anteriores e não achou que Samuel notaria, mas pelo menos parecia uma abertura para falar o que estava sentindo.

"Sabe quando você acorda e não sabe onde está?", disse Manuela. "O que eu estou sentindo é igual, só que sobre mim e não sobre o lugar. Acordei em outro corpo."

Samuel voltou ao seu silêncio atrás da tela e Manuela se concentrou na grande pintura de Marcela, na parede a sua frente. Era sua favorita. Todas as outras, em volta daquela e nas paredes laterais, também eram boas, mas essa era mais impactante, pela escolha das cores, pela posição de Marcela e a forma como o corpo estava desenhado. Percebeu que sua forma de ver essas telas também tinha mudado. Antes retratavam a sua irmã em momentos de êxtase e poder, uma pessoa forte, nua, sensual e erótica. Provocante e provocadora, do jeito que Marcela sempre foi. A garota que tinha fugido para viver uma vida diferente. Agora, que sabia que Marcela não foi essa aventureira destemida como ela achava, as mesmas pinturas ganharam tons de sofrimento, de dor, de angústia. Duas versões da mesma personagem, ao mesmo tempo iguais e bem diferentes.

Manuela não esperava que Samuel perguntasse mais nada. Depois de tantas sessões, tinha se habituado com a falta de curiosidade dele. Samuel nunca dava continuidade na conversa e simplesmente parava de falar. Mais do que uma arrogância de artista, Manuela sempre encarou aquilo como uma liberdade que ele lhe dava. Se quisesse contar mais, a decisão era dela. Se quisesse conversar, precisava supor as perguntas e dar as respostas.

"Acho que estou ansiosa. Queria que os próximos dias passassem logo", disse Manuela, tentando imaginar quantos dias Marcela ainda ficaria em coma.

Samuel parou de pintar e disse: "Não se preocupe tanto. Você vai passar no teste."

Aquela resposta demorou para ganhar sentido. Só depois de rearranjar os significados das palavras Manuela entendeu que para Samuel nada tinha mudado e ele ainda tinha a referência de conversas anteriores, sem o impacto da volta de Marcela. Ele ainda acreditava que o teste no grupo de teatro era o ponto mais importante da vida dela.

"Nem pensei nisso nos últimos dias", disse Manuela.

Samuel tirou a cabeça de trás da tela e a encarou. Manuela deduziu a pergunta.

"Eu andei pensando sobre o teatro, é claro. Mas de outra forma", continuou ela. "Pensei nas minhas escolhas. A vida oferece tanto e a gente fica preso a padrões que os outros controlam. O que leva uma pessoa a querer manipular a outra? Querer dominar. Possuir alguém. Fiquei pensando nisso, querendo entender se essa decisão de fazer o teste é minha ou está sob o controle de outras pessoas, que conduziram as coisas para que eu quisesse isso."

Samuel voltou a pintar, deixando as dúvidas crescerem por um tempo.

"Eu só sei responder por mim", disse ele, sem sair de trás da tela. "Eu faço isso para poder observar, do meu ângulo." Sua voz preenchia todo o vão livre do ateliê. Sem ver seu rosto, Manuela tinha a impressão de estar ouvindo uma voz gravada, artificial, saindo de caixas acústicas, vindo de vários lugares ao mesmo tempo.

"Mas você não controla as pessoas", disse ela.

"Você fica sentada aí por uma hora, sem poder se mexer. Pinto não da forma que você se enxerga e sim da forma que eu vejo. Eu tenho o controle em cada sessão e, ainda por cima, faço você acreditar que meu interesse é apenas te retratar da melhor forma possível. Isso é um tipo de controle."

"Mas é voluntário. É diferente. Estou aqui porque quero."

Samuel deu uma risada.

"Eu te pago. Exerço esse poder", disse ele.

Manuela ficou quieta. Não poderia explicar seu raciocínio porque Marcela fazia parte dele.

"E nem a sua atitude foi voluntária quando veio aqui a primeira vez. Ou foi?"

"Eu tinha um objetivo e decidi sobre ele."

"Você decidiu ou foi um instinto?" Samuel saiu de trás da tela. "Instinto é desejo animal e quase nunca se controla. Ou seja, até que ponto seguir seu instinto é estar no controle?"

Talvez ele tivesse percebido tudo isso já no primeiro dia em que ela se ofereceu para substituir a irmã. O desejo de saber o que Samuel sentia por Marcela e se sentiria o mesmo por ela.

"Todo mundo que se deixa retratar em uma pintura está querendo se mostrar diferente. Eu faço a minha parte, aprisionando esse instinto aqui." Samuel bateu na beirada da tela com o pincel, depois voltou a pintar.

Manuela não supôs nenhuma outra pergunta até o final da sessão. Ficou apenas analisando os vários quadros de Marcela.

***

Quando chegou em casa, Afonso estava muito mais furioso do que preocupado. Detestava ser tirado do trabalho, ainda mais quando estava no meio de algo importante e complexo. Sem ter ainda uma equipe de programadores experientes, os projetos dependiam dele. Afonso produzia cada linha de código, verificava todas as configurações e testava as funcionalidades. Naquele dia, estava terminando o projeto do que poderia vir a ser a melhor solução de internet banking do país. Um trabalho que iria duplicar o tamanho da empresa e quadruplicar seu faturamento. Interrupções como aquela poderiam gerar um erro justo quando não deveria haver falhas. Solange não entendia de programação, prototipagem, variáveis e nada relacionado a empresas de tecnologia e sistemas de transações financeiras, mas sabia que aquele trabalho mudaria a vida dele e, consequentemente, a dela. Era uma fórmula simples: Afonso cuidava de todo o futuro da família enquanto Solange só precisava cuidar das filhas. Mas quando Afonso abriu a porta de casa lembrou que nada era simples com Solange. Ela estava descontrolada, chorando no meio da sala.

"Você pode me explicar que história é essa? Eu estava no meio da parte mais importante do projeto." Solange se aproximou e Afonso foi obrigado a envolvê-la com os braços. "Me explica o que aconteceu. Para de chorar. Quando foi que Marcela sumiu?"

Ela respirou fundo algumas vezes.

"Ela não voltou da aula, Afonso. Ninguém sabe onde está. Viram Marcela saindo da escola, mas não chegou em casa até agora. Ela só tem onze anos, Afonso."

"A aula terminou ao meio-dia e agora já são seis da tarde, Solange."

"Eu sei, por isso eu te liguei. São só cinco quadras, Afonso. Como ela pode ter sumido assim?"

Solange voltou a chorar. Manuela estava sentada no sofá, abraçando os joelhos, observando tudo com olhos gigantes.

"Você não voltou com a sua irmã?", perguntou Afonso. "Vocês voltam juntas sempre, não voltam? A pé?"

Manuela balançou a cabeça.

"Ela não foi para a aula hoje", explicou Solange. "Acordou com dor de garganta." Solange aproximou-se dele de novo. "Alguém pegou nossa filha, Afonso. Eu não sei mais o que fazer. Nem o que pensar. Temos que chamar a polícia."

"Calma. Acho que temos que ligar primeiro para os hospitais. Ela pode ter sofrido um acidente. Um atropelamento. Ficado inconsciente."

Afonso foi até a cômoda do corredor e pegou o frasco de comprimidos na gaveta. Colocou dois na mão de Solange.

"Tome esse remédio. Você precisa se acalmar, porque agora não adianta esse desespero. Vamos ligar para todo mundo que possa saber o que aconteceu com Marcela."

Solange engoliu os dois comprimidos. Essa era a forma que Afonso tinha encontrado para mantê-la mais calma nos últimos tempos. Drico, seu sócio, conseguia as receitas com um amigo médico.

"Vá se deitar, Solange. Vou ligar para os hospitais. Vamos descobrir o que aconteceu."

Solange subiu, ainda chorando.

Afonso pegou o celular e começou a pesquisar algum número para ligar. Quando conferia os resultados da busca, ouviu a porta se abrir. Marcela estava entrando tranquilamente, até que viu Afonso.

"Já em casa, pai? Aconteceu alguma coisa?"

Afonso não conseguiu se controlar.

"Eu é que gostaria de saber. Por que você não veio direto da escola? São mais de seis horas da tarde e você deveria estar aqui na hora do almoço. Quem você pensa que é? Acha que já é adulta e pode sumir, sem dar satisfação? Deixou sua mãe louca. Sua irmã também está aqui preocupada. Eu tive que largar o trabalho e vir resolver tudo, porque sua mãe não consegue mais lidar com você."

Solange desceu correndo e abraçou Marcela.

"Eu estava brincando, na casa da Flora", disse Marcela, respondendo para a mãe.

"Flora? Quem é Flora?", perguntou Afonso.

"Nossa amiga aqui da rua."

"E não podia avisar? Sua mãe te esperando. Sua irmã, doente."

"Manuela não está doente, mas eu sabia que ela não ia querer brincar." Marcela voltou a olhar para a mãe. "A Flora me chamou quando eu estava passando. Eu sabia que você não ia deixar, porque você não gosta da Flora, por isso não avisei. Era para ficar só um pouquinho, mas não vi o tempo passar."

Afonso olhou para as duas, tentando se acalmar. Quem era essa Flora e por que Solange não gostava dela?

"Alguém pode me dar mais detalhes?"

Solange balançou a cabeça e fez um sinal, na tentativa de que ele deixasse para depois.

"Eu quero saber", disse Afonso. "Depois de toda essa palhaçada que me obrigou a vir até aqui, no mínimo eu mereço saber."

Solange abraçou mais a filha.

"A Flora não é o problema", disse Solange. "O problema é que quem cuida dela à tarde é o tio. E comentam por aí que ele é esquisito."

"Esquisito como?", perguntou Afonso.

"Esquisito", disse Solange, deixando claro que não queria dar detalhes. "Esquisito do jeito que pode fazer coisas esquisitas, com a Flora e também com as amigas que vão brincar com ela."

Afonso entendeu.

"Se é isso mesmo, precisamos fazer algo, não precisamos?"

"São comentários de vizinhos. Não sabemos se é verdade. Só precisamos cuidar, ainda mais agora que elas estão ficando maiores."

Além de toda a confusão, aquele fato novo. Um possível pedófilo na rua de casa e Afonso ficava sabendo assim.

"Você já tem onze anos, Marcela", disse ele. "Você tem que saber se cuidar. Tem muita gente ruim por aí."

"Eu só fui na casa da minha amiga", respondeu Marcela, daquele jeito dela.

"Mas o problema não é a amiga, como sua mãe falou."

"Eu não brinco com o tio da Flora. Eu sei me cuidar."

Marcela estava começando a se irritar e ficar agressiva. Afonso não queria perder a cabeça com a filha, mas era difícil fazê-la entender.

"Por que você não pode ser igual a sua irmã?", disse ele. "Olha lá, ela estava aqui em casa, quieta, enquanto você estava lá, correndo risco. Ainda por cima fazendo sua mãe ficar enlouquecida, achando que você tinha morrido, e me tirando do trabalho."

Solange balançou a mão, querendo que a conversa parasse.

"Manuela estava doente. Do contrário, teria ido junto e aconteceria da mesma forma", disse Solange.

Afonso notou Manuela de pé, ao lado da porta, acompanhando tudo de mais perto.

"Não interessa. Manuela lembraria de avisar, não lembraria?" Afonso olhou para a filha, mas Manuela não respondeu.

"Ela nem está doente, só não queria ir para a aula", gritou Marcela. "Mas vocês acham que Manuela é perfeita."

Afonso pensou em perguntar se era verdade, mas tiraria o foco da lição que Marcela precisava aprender. De qualquer modo, a discussão acabou. Marcela saiu correndo para o quarto. Solange também subiu, mas foi para o quarto deles. Os comprimidos fariam efeito e Afonso poderia voltar ao que precisava concluir na empresa.

Antes de sair, abraçou Manuela.

"Vou voltar para o trabalho, filha." Segurou na mão dela. "Só prometa que não será igual a sua irmã. Você viu como sua mãe fica com essas coisas. Sua irmã não entende como faz a gente sofrer nessas horas."

Manuela sorriu sem graça e ele encarou aquilo como uma resposta afirmativa.

***

Cada vez mais, a casa era só dela, com a solidão invadindo os outros cômodos, como erva daninha, ramificando e grudando em tudo. Solange sentia seu corpo comprimido pelo vazio. Uma gravidade ampliada que a mantinha presa na cama. *Uma desculpa. Uma fuga.* Não havia saída lógica para o problema, mesmo sabendo que não precisava mais se preocupar. As filhas estavam cada vez mais fora de casa e era questão de tempo para Solange deixar de ser mãe e ficar sem definição. *Esposa não poderia ser.* Dona de casa, não mais. *Dona da solidão da casa.* Por ora, não via mais nada surgir no teto branco. *A história do seu futuro.* Tudo poderia ser, mas ainda não era.

Alguém entrou em casa, não conseguiu identificar quem.

Antes, as duas chegavam juntas e mesmo assim ela conseguia distinguir os movimentos, cada uma ocupando seus espaços. Portas batiam e as vozes eram mais presentes do que os sussurros que usavam agora. *Conversas isoladas.* Ao telefone. *Assuntos secretos.* As duas deixaram de conversar e falavam apenas o essencial para uma convivência aceitável entre irmãs.

Passos na escada.

Sempre próximas e unidas, agora tornaram-se duas, com jeitos opostos. De se vestir, de agir e de se relacionar. Se uma falava A, a outra dizia Z. Com uma na faculdade e a outra no cursinho, as duas se separaram ainda mais, cada uma com seu horário e novas realidades.

Solange tinha que se adaptar. Fingir que estava entendendo. *Fingir interesse.* Tinha sido assim com todos os assuntos de Afonso, poderia continuar com as meninas. Pelo menos todos ficam felizes. *Todos?*

Uma porta bateu forte.

Nos últimos dias, Marcela parecia ter perdido a empolgação, apesar de todo o sucesso que tinha conquistado. Os melhores papéis, já no começo do curso. Mesmo assim, parecia cada vez mais desanimada. Mudou seu jeito de ser, como tivesse se dado conta de que não estava onde queria estar. *Insatisfação talvez seja problema genético.* Como se Marcela tivesse chegado ao topo de uma montanha e descoberto uma paisagem horrível. Solange não sabia o que estava acontecendo, mas era evidente que a filha tinha se desmotivado. *Tristeza e decepção hereditárias.* Muitas doenças nessa categoria.

Solange conseguiu se levantar e foi até o quarto de Marcela. Bateu, abriu e viu a filha deitada na cama, olhando para o teto. *Sintoma conhecido.*

"Como foi a aula?"

"Normal."

"E os ensaios no grupo?"

"Sempre a mesma coisa."

"Ensaios são ensaios. O objetivo é repetir, não é?" Solange riu, mesmo sabendo que a piada não tinha sido engraçada.

Marcela continuou séria.

Solange sentou-se ao lado da filha. *Seu papel de mãe. Repetido várias vezes para parecer real.*

"Sabe que você pode falar qualquer coisa para mim, não sabe?"

"Eu só quero ficar sozinha."

"Sei como é esse sentimento, mas às vezes precisamos conversar."

"Tudo bem, mãe, mas agora só quero isso mesmo."

Solange deu um beijo na testa da filha e levantou-se. Antes de sair pegou a mochila que estava jogada no meio do caminho e viu várias cédulas saindo do bolso da frente.

"O que é isso, Marcela?"

"Dinheiro, ué", disse Marcela, arrancando a mochila das mãos dela.

Solange ficou esperando uma resposta.

"Faço trabalho como modelo vivo, lá na Belas Artes. É só isso. Fico lá parada e me pagam. Dinheiro fácil."

"Você quer dizer que fica lá para te pintarem? Daquele jeito?"

"É, mãe, daquele jeito."

"Mas por quê? Você não precisa de dinheiro assim. Para que fazer isso? Seu pai já está mudando de ideia. Ele vai te apoiar, no que precisar."

"Você não sabe da minha vida." Marcela começou a se irritar com a conversa, como sempre. "Ninguém sabe como são as coisas de verdade."

"Vejo que você não está bem, mas não entendo mesmo. Você está na faculdade que queria, sendo atriz como queria ser, mas parece que não está feliz."

Marcela começou a sorrir de um jeito irônico, balançando a cabeça.

"Sua ideia de felicidade está errada, mãe. A de todo mundo está. As pessoas acham que pela felicidade devem pagar qualquer preço e se sujeitarem a qualquer coisa. Olhe para você, mãe. Você está feliz, mas a que preço? Você tem que aceitar tudo que o papai faz. Você se submete a essa vida. A ele."

Solange não pôde deixar de pensar em como sua filha estava enganada. *Feliz? Quando?* Ao mesmo tempo, Marcela tinha razão. O preço era bem mais alto do que parecia.

"Eu sou feliz porque tenho a família que sempre sonhei", disse Solange. "E vale sim o preço. Não acho muito alto." *Mentir fazia parte do seu papel.*

Marcela começou a sorrir de forma exagerada, como se risse para segurar o choro.

"Aceitar ser dominada é um bom preço, mãe? Estar ali só para atender os desejos, apenas para ter o que considera ser o prêmio da felicidade. Isso é justo? Aceitar como normal o que, na verdade, é controle? Todo homem faz isso, mãe. Abusam da gente. Nos enganam."

Solange não respondeu, mas abraçou a filha. Não tinha muita certeza se a filha estava falando dela ou de si mesma.

***

Quando Manuela passou pelo corredor, viu todos na sala, sobrepondo diálogos, usando aquelas interjeições questionadoras, transformando coisas banais em coisa séria. Ou seja, mais uma vez os investigadores estavam reunidos com seus pais. Ou seja, mais uma vez discutiam novas possibilidades de um caso que nunca existiu. Ou seja, nova perda de tempo.

Muita agitação por nada, era isso que Marcela sempre conseguia. Onde quer que ela estivesse, naquele momento, deveria estar dando uma grande risada. Manuela conhecia bem sua irmã. Marcela tinha essa habilidade de causar estardalhaços, ganhando o centro das atenções. Palmas para Marcela. Será que alguma vez na vida ela agiria de forma normal?

Fausto, o investigador principal, estava no meio da sala, o que significava uma dose extra de atenção no caso. Manuela já tinha entendido a nova lógica daquilo tudo. Fausto já não ia todos os dias e nem ficava esperando o contato de um sequestrador, que nunca aconteceria. Ele parecia esperto, então já devia ter percebido que as coisas andavam esfriando e as expectativas haviam mudado, mesmo assim mantinha sempre aquela expressão séria e concentrada, parecendo fazer força para lembrar de uma palavra complicada que usaria na resposta seguinte.

Manuela estava voltando da cozinha, com um copo de suco, e ouviu o investigador respondendo mais algumas daquelas perguntas malucas do seu pai, do tipo: "Vocês já falaram com os animais da vizinhança, sabe como são os cachorros, né? Já procuraram na gaveta de calcinhas dela? E embaixo do tapete? Já entraram em contato com algum santo ou com Deus? Ele é onisciente, não é?"

Seu pai tinha deixado de ser o engenheiro racional e inteligente para se tornar um desses ignorantes que não sabem nem como matemática básica funciona. O investigador fazia aquela cara de quem leva em consideração antes de responder o óbvio: "Não é bem assim que funciona nesse caso, Afonso."

Manuela parou, encostada no beiral do acesso à sala, sem entrar totalmente. Local estratégico: um pé na conversa, outro no seu quarto, pronta para fugir de questionamentos idiotas.

"Mas na turma dela, ninguém sabe o que deixou Marcela desse jeito?", perguntou seu pai. "Se ela estava depressiva e pensava mesmo em fugir, deve ter comentado com alguém, uma amiga..."

"Ele já disse que falou com todos, Afonso", disse a sua mãe, trazendo um pouco de lucidez. E olha que esse nem era o forte dela. "Nem a gente percebeu direito os sinais. Não demos importância. Essa é a verdade. Se era algo grave, não notamos."

"Estamos falando com outras pessoas", disse o investigador. "Queremos descobrir com quem ela se relacionava fora do círculo normal de amizades."

Manuela tinha uma regra: não ferrar com a vida das pessoas sem necessidade, ainda mais se elas já são ferradas por natureza. Por isso, pensou se deveria entrar naquela conversa. Sabe como é: um pé no problema, outro fora dele. Ela tinha ficado sabendo por uma amiga em comum do cursinho que a irmã tinha começado a sair com o traficante da faculdade e isso com certeza era algo sério, mas Marcela tinha dito que estava pensando em fugir e, se não fugiu com ele, qual o sentido de envolver o cara com a polícia? Além do mais, se ele tivesse algum envolvimento, não viria atrás dela no dia seguinte, viria?

De qualquer forma, era uma amizade fora do círculo normal de Marcela, portanto, mesmo sabendo que eles não levavam suas opiniões muito a sério e que quebraria sua própria regra, Manuela decidiu falar.

"Tem um cara que Marcela andou saindo nos últimos dias", disse. Fausto olhou para ela. "Não dá para dizer que são amigos, eu acho, mas me disseram que ele é da faculdade."

"Quem é ele?", perguntou seu pai, já com aquele jeito de "encontrei o culpado, só me diz quem é que eu cuido disso".

Manuela não estava disposta a dizer tudo. Qualquer coisinha fazia seu pai formar uma ideia errada e depois era impossível tirar da cabeça dele, como já acontecera outras vezes, com ela, com Marcela, com sua mãe.

"Você sabe o nome dele?", perguntou Fausto.

"Não sei", mentiu Manuela. "Parece que ele faz geografia

e trabalha como barman em um lugar perto da faculdade. Chama Elefante Azul, eu acho."

"Essa informação já ajuda", disse Fausto.

"Mas olha", disse Manuela, "acho que não tem nada a ver com o desaparecimento, porque, no dia que começamos a dar falta dela, ele veio procurar por Marcela. Também não sabia onde minha irmã estava. Ou seja..."

"Esse sujeito veio aqui em casa e você não disse nada?"

"Pai, nem todo mundo que conhece Marcela e pergunta por ela é culpado. Só significa que se importam com ela. Assim como você."

"Mesmo assim", disse seu pai. "É algo fora do comum que aconteceu no dia que ela foi sequestrada."

"No dia se-guin-te, que ela foi em-bo-ra", corrigiu Manuela. "E várias pessoas vêm aqui em casa, tocam o interfone, ligam, todos os dias. Você não sabe disso porque nunca está aqui."

Seu pai ficou quieto. Sua mãe olhou para ele e depois para Fausto.

"Lembrei que uma moça também veio aqui, procurando por Marcela", disse ela. "Mas acho que foi antes de tudo. Não consigo lembrar o dia."

"Alguma amiga?", perguntou Fausto.

"Dizia ser. Ela não estava bem. Era de manhã e era como se ela estivesse voltando de alguma festa, parecia meio bêbada. Disse que era do teatro."

"Do grupo?"

"Acredito que sim."

"E disse alguma coisa mais?"

"Queria saber se Marcela estava em casa. Disse que as duas tinham combinado de fazer algo juntas, mas Marcela não apareceu no horário combinado."

Fausto olhou para Afonso, que olhou para Manuela, como se esperassem uma explicação, mas ela não sabia quem poderia ser essa moça. Aquele era um território exclusivo de Marcela.

"Nós já falamos com todos os integrantes do grupo e inclusive com o diretor", disse Fausto. "Vou tentar descobrir quem é essa moça e entender por que ela não mencionou esse encontro que tinham marcado."

"Pode estar escondendo algo", disse Afonso.

"Ou só esqueceu, por não ser relevante", disse Fausto. "Mas vamos investigar."

"E não esqueça do suspeito que falou com Manuela", acrescentou Afonso.

"Ele ainda não é um suspeito. Mas vamos ao tal Elefante Azul."

Manuela subiu para o quarto. Fez sua parte, falando o que sabia, mas não iria mais se meter. Tinha certeza de que essas duas pessoas nem sabiam da fuga da irmã. Todo mundo foi pego de surpresa.

***

Lá estava o Hulk, com seus músculos verdes eternamente flexionados, observando a cadeira a sua frente que, na maior parte do tempo, era ocupada por algum garoto gênio, mestre em códigos, mas naquela hora estava vazia. Um pouco mais distante, um R2D2 também encarava um lugar desocupado. Era cedo, por isso aqueles seres inanimados aguardavam sozinhos seus donos chegarem para mais um dia de trabalho.

Afonso tinha chegado às nove para falar com Drico. A recepcionista, nova na empresa, não acreditou muito que ele era um dos donos, mas mesmo assim o colocou para esperar na sala de reuniões em vez de deixá-lo na recepção. A culpa não era dela e sim dos quase dois anos de ausência dele.

Pela parede de vidro, Afonso observava as estações de trabalho, vazias de pessoas, mas repletas de objetos que simbolizavam muito bem a intersecção da personalidade desses garotos: já não eram meninos, mas ainda não eram homens. Afonso reconheceu o Hulk, o R2D2, mas a grande maioria era de seres desconhecidos: homens-lagarto, hamsters malvados, um garoto de braços finos e pernas compridas com uma espécie de cueca na cabeça, um cachorro olhudo e amarelo, uma menina azul, um cientista maluco. Não importava o que eram, mas o que representavam. Gárgulas modernas. Minúsculas estátuas guardando, protegendo e dando apoio àqueles garotos durante os dias insanos de trabalho. Eram os elementos de conexão entre diversão e sacrifício que Drico tanto defendia. Sempre que estavam prontos para serem engolidos pela realidade, sugados pelo entendimento lógico da vida, prestes a pegarem o rumo da fase adulta, os garotos só precisavam dar uma olhadela para seus bonecos protetores que estariam sempre afirmando: "Ainda é cedo, não cresça, vai ser traumático." E, caso isso não fosse suficiente e os lapsos de maturidade causassem as dores do crescimento psicológico, sempre poderiam fazer uso dos remedinhos, os tais Amplificadores de Performance, que aliviavam os sintomas de fracasso nessa experimentação da vida adulta. Novas doenças, novos tratamentos. A lógica desse sistema diz que o sofrimento é temporário e justificável, desde que haja compensações. A receita era simples: uma dose de Pavlov, com alguns miligramas de psicopatia, aplicada na forma de benefícios, ofertados pelo departamento de gestão de pessoas. "Terminem só mais esse trabalho e poderão voltar ao playground, aos jogos e aos momentos de descompressão."

Afonso olhou para a escada que levava aos pisos superiores, à sala das diversões, dos puffs e das espreguiçadeiras. Aquilo tudo estava conectado. Fórmulas que nem sempre davam os resultados pretendidos. Um processo de desumanização, extraindo tudo que era possível, mas achando que ficaria tudo bem se oferecesse escapes para acreditarem na preservação de suas identidades. Afonso pensou em Jaqueline limpando sua mesa, recolhendo suas gárgulas que, no momento mais importante, não ofereceram proteção alguma.

Um dos poucos programadores que já estava trabalhando naquele horário reconheceu Afonso na sala de reuniões. Deslizou a porta de vidro e colocou só a cabeça para dentro.

"Há quanto tempo, Boss!"

Afonso lembrou de que alguns o chamavam assim.

"Vim falar com o Drico. Estou voltando."

"Ele não comentou nada com a gente."

"Ele ainda não sabe. A conversa é sobre isso."

"Legal, Boss."

O garoto ficou parado e mudo, talvez na indecisão de continuar a conversa ou seguir seu dia. Foi salvo por Drico, que chegou agitado e preocupado. A última conversa deles não tinha sido das melhores, mas isso foi antes de saber da volta de Marcela e saber que a vida poderia ser retomada.

Afonso fez questão de sorrir para deixar Drico mais aliviado.

"Aconteceu alguma coisa?", perguntou Drico, já com uma expressão melhor. "Já acabaram os comprimidos que eu te dei? Ainda não consegui uma nova receita, mas assim que tiver, prometo que mando para você."

Afonso tinha jogado o remédio no lixo e tomado a decisão de não usar mais essas coisas, mas não estava ali para falar sobre isso.

"Eu vim pedir desculpas, na verdade."

"Aconteceu alguma coisa?"

Drico torceu o rosto. Parecia rebobinar mentalmente o último encontro que tiveram, as últimas atitudes. Afonso sabia que muita daquela desconfiança do sócio seria eliminada se ele contasse sobre a volta de Marcela, mas tinham combinado com a polícia de guardar segredo absoluto. Pelo menos até a história vazar, como sempre vaza.

"Nesses últimos dias, eu fiquei pensando muito. Decidi voltar ao trabalho."

"Entendo", disse Drico, sentando-se e apontando uma das cadeiras para Afonso. "Mas será que é o melhor?", continuou ele, depois de um tempo. "Estamos em um outro ritmo aqui. Foram dois anos, né? As coisas mudam. Você sabe."

"Eu preciso. Vai ser bom. E eu reaprendo rápido. Não sou tão burro assim", disse Afonso, sorrindo.

"Não foi isso que eu quis dizer."

Afonso sabia o que Drico queria dizer. Os dois tinham métodos diferentes de gestão e agora a empresa tinha ainda mais a cara de Drico.

"Eu ainda sou sócio, lembra?"

"Claro, mas eu toquei sozinho nos últimos tempos e a coisa andou. Estamos melhores. Maiores. Você deve ter percebido na sua conta."

"Eu sei. Não estou reclamando. Só acho que podemos equilibrar as coisas."

Drico esfregou as mãos no rosto de forma exagerada e aquilo deixou Afonso na dúvida, se era ressaca da noite anterior ou irritação pela conversa.

"Esse sempre foi o meu medo", disse Drico, com a cara toda vermelha, "de toda essa história te amolecer mais um pouco. O fato é que, olhando por um ângulo, sendo frio assim, não me leve a mal, precisamos ver a verdade, você tem que entender, o processo, sabe, foi positivo. Se analisarmos bem, o clima melhorou, os negócios melhoraram, as entregas continuam excelentes. Resumindo: foi bem positivo."

Para Afonso era absurdo Drico tratar tudo o que aconteceu como algo positivo, mas o sócio desconhecia os novos fatos, não sabia o quanto Marcela sofreu.

"Você não está vendo o cenário completo", disse Afonso. "Respeito isso, mas preciso voltar."

"Eu concordo com a sua posição, Afonso, não me entenda mal, longe de mim, não quero dizer, mas o que eu posso falar, o que podemos ver, o fato, isso acabou sendo bom para a empresa, você lá, eu aqui. Leve isso em consideração. Talvez você é que não esteja vendo o cenário, porque, o que aconteceu, também foi o melhor, para você, de certa forma, no final das contas."

Ter a filha sequestrada era o melhor que poderia ter acontecido? Talvez para Drico. Era isso que Afonso podia traduzir, conectando os argumentos confusos do seu sócio.

"Você não devia nem pensar nisso, Drico."

Afonso já não estava mais sorrindo. A raiva de quatro dias atrás tinha voltado e Drico deve ter percebido, porque começou a concordar de maneira forçada, como sempre fazia quando queria se livrar de algo sem resolver de fato, e estava cada vez mais enrolado em seu nervosismo disfarçado.

"Eu entendi, Afonso. Muito bem, entendi agora, perfeito, podemos fazer isso em etapas, vamos estudar um retorno seu, com certeza, agora entendi e concordo, mas vamos fazer isso de uma forma planejada. Vou montar um cronograma, com uns encontros para você ir retomando os projetos em andamento, ou só os novos projetos, para pegar do zero, é melhor. Vou te passar, não garanto hoje, mas amanhã, no máximo daqui dois dias, e você pode analisar, a gente vai conversando."

Enquanto falava, Drico foi levando Afonso pelo braço, até a saída da empresa. No caminho, Afonso voltou a considerar o envolvimento de Drico em tudo, por mais maluco que aquele pensamento continuava sendo.

***

"Um ponto final é ilusório. Você acha que vai terminar com tudo, mas as pessoas ficam."

"Quem fica? Afonso? As meninas?"

"Sim. Eles não vão entender. O que vão imaginar depois de algo assim acontecer?"

"E eles entendem agora?"

"De certa forma, sim, sabem que tenho o meu papel aqui."

"Esse papel é secundário. Não dão a mínima para ele."

"Eu não saberia como fazer."

"É fácil. O mais difícil é a coragem de abrir o cofre e pegar o que precisa."

"Ele não sabe que eu sei a senha. Ele não sabe que eu sei que ele guarda a arma lá."

"Ele não sabe nada. Não se importa. Nunca se importou com nada, além dele."

"Não é esse o motivo."

"Mas é uma parte do todo."

"Concordo. O todo é horrível."

"Ele vai continuar sendo Afonso e elas vão continuar sendo Marcela e Manuela."

"Mas sem mim."

"É, sem mim."

***

Manuela conseguia ver Laura vindo, segurando os copos acima da cabeça, desviando das pessoas, como se executasse um passo de balé, que, além de evitar que a cerveja derramasse, atraía a atenção de todos os homens, e de algumas mulheres, porque a deixava supersexy no seu vestido justo e ainda mais curto por causa dos braços levantados.

Cada milímetro quadrado do Elefante Azul estava ocupado por pessoas descoladas, tentando dançar de alguma maneira esquisita, mas Manuela, esperando no meio da sala principal, ainda não tinha entrado no clima.

"Já te falei que você está ainda mais parecida com Marcela?", disse Laura, passando um dos copos para Manuela, que entendeu aquilo como um elogio.

Quando elas se conheceram, no grupo de apoio, Manuela não estava usando as roupas de Marcela como agora. Ela tomou metade do copo em um único gole, querendo chegar logo no estágio em que aceitaria tudo aquilo como parte da sua vida e começaria a se divertir.

"Vi o Jorge lá perto do bar", disse Laura. "Provavelmente, negociando seus produtos." Ela fez aspas com dois dedos da mão que não estava segurando o copo, marcando a palavra "produtos".

Manuela até pensou em perguntar se Jorge e Marcela ficaram muito tempo juntos antes de ela fugir, mas Laura já estava cumprimentando mais uma pessoa.

"Guilherme, essa é Manuela. Manuela, esse é o Guilherme, o galã do grupo."

Manuela sorriu dando oi e bebeu mais um pouco.

Guilherme ficou por ali, exibindo uma simpatia forçada, até começar a fazer as perguntas básicas para Manuela.

"Você faz o quê?"

Laura respondeu antes dela: "Está prestes a se tornar uma ex-futura-engenheira", dando uma risada alta. Manuela apenas sorriu.

"Não entendi", disse Guilherme.

"Manuela acabou de entrar no curso de engenharia da computação, mas eu estou em processo de convencimento. Quero que ela faça um teste para o grupo."

"Legal." Guilherme se aproximou mais de Manuela. "Você já participou de algum outro grupo?"

Manuela gaguejou, tomou um gole, depois respondeu.

"Sim. Fiz um curso e atuei com minha irmã quando éramos mais novas."

"A irmã dela é a Marcela Gusmão. Você ainda não estava no grupo quando ela fazia parte." Laura se virou para Manuela. "Ele também é novo por aqui."

"A menina que se matou?", perguntou ele.

"Não, essa era a outra, a pirada", disse Laura. "Marcela é a que foi embora. Antes da pirada pirar."

Agora foi a vez de Guilherme ficar sem jeito.

"Desculpa", disse ele para Manuela.

"Tudo bem."

Manuela deixou as palavras de Laura ressoarem em sua cabeça, enquanto esvaziava o copo em um último gole.

A música substituiu a conversa por um tempo, até que Guilherme se ofereceu para pegar bebidas e saiu.

"Ele é meio bobo, mas é legal, além de bonito", disse Laura. "Traduzindo: bom para curtir uma noite, nada além disso."

"Vou acreditar em você, mas não tenho muito interesse."

"Melhor mesmo. Nada desses bobinhos. Quando você começar no grupo, vai encontrar pessoas muito mais interessantes, você vai ver."

Manuela deixou sua visão circular mais solta pela festa, observando os movimentos, até que percebeu um rapaz olhando para ela, de longe. Ele fez sinal com o indicador, para que ela fosse até ele, mas Manuela desviou o olhar e voltou a conversar com Laura.

Guilherme chegou com os três copos e propôs um brinde. Manuela tomou toda sua bebida de uma vez e quando se virou, para ver se o rapaz tinha desistido, viu que ele estava ao seu lado, com olhar ainda mais esquisito.

"Estou interessado", disse o rapaz.

"Não sei do que você está falando", respondeu Manuela. "Você deve estar me confundindo."

"Sou amigo do Rafa, que você conhece. Ele disse que era só falar com você."

Manuela se virou, tentando evitar a conversa.

"É óbvio que você está confundindo as coisas", disse Laura para o cara. "Se você quer algo mais forte, procure o Jorge. Conhece? Um rapaz moreno, tá lá no balcão do bar, ele vende esses lances."

O rapaz tentou argumentar mais um pouco. Guilherme tomou a frente.

"Ela está comigo, cara", disse Guilherme. "Melhor parar de encher o saco."

O rapaz levantou as mãos em sinal de trégua, sorriu e saiu.

"Essas festas estão atraindo cada vez mais malucos. Com certeza ele está doidão", disse Laura.

Manuela não conseguiu retomar a conversa.

"Preciso de mais bebida", disse ela.

"Deixa que eu vou", ofereceu Guilherme.

"Não. É a minha vez", disse Manuela. "E tenho que ir ao banheiro."

Manuela escolheu a direção oposta ao bar, onde o tumulto parecia menor, mas descobriu que o banheiro daquele lado estava trancado. Uma menina disse para ela usar o de cima, onde ninguém tinha vomitado ainda. Manuela subiu e, quando tentava deduzir qual era a porta certa, alguém a agarrou por trás, com uma mão já avançando por baixo do vestido, querendo abaixar sua calcinha. Ela tentou se livrar. Gritou, mas a música cobriu tudo. Um bafo alcoólico vinha de uma boca babenta e ofegante colada em seu pescoço. A mão que a mantinha presa também abria caminho pelo decote do vestido. Ela parou de resistir e o agressor também relaxou, tocando seu seio com menos violência. Manuela soltou todo o peso do corpo, fazendo o cara se desequilibrar e largá-la. Mesmo assim, ele não desistiu e foi para cima dela. Manuela o reconheceu: era o cara esquisito que tinha falado com ela um pouco antes.

Um outro rapaz saiu do banheiro e fez com que o cara esquisito saísse de cima dela.

"Ela gosta disso", disse o agressor, se antecipando para explicar. "Só está fazendo tipo. Se fazendo de difícil."

Manuela se encostou na parede, ainda sentada no chão.

"Melhor você ir embora ou vou chamar os seguranças", disse o outro rapaz.

"Ela gosta. Senão não faria o que faz", disse o cara esquisito, indo para a escada.

Manuela se levantou.

"Precisa de ajuda?"

"Só preciso de um tempo."

"Quer que chame algum amigo?"

"Eu estou sozinha. Obrigada. Está tudo bem, só preciso tomar um pouco de ar."

Manuela limpou as lágrimas que começaram a escorrer pelo rosto, prendeu o cabelo e foi embora, evitando passar por Laura ou encontrar qualquer outra pessoa conhecida.

***

"Você sabia dessa merda o tempo todo, não sabia?"

Afonso balançava o envelope por sobre os pratos, na frente de Drico, que olhava em volta, com cara de assustado. O sócio tinha marcado o encontro em um restaurante. Sabia que o tom da conversa seria esse e quis se prevenir. Afonso conhecia o jeito de Drico se proteger.

"Pode ser só um mal-entendido. A namorada foi junto, mostrou só uma parte da viagem", disse Drico.

"Você não faz ideia."

Afonso tinha ligado para Drico assim que descobriu que estava sendo enganado. Não havia mal-entendido. Não era nada complexo de se entender, como o cálculo de uma derivada. Estava mais para dois mais dois, de tão óbvio. O detetive particular que Drico tinha indicado tinha dado um golpe em Afonso e estava curtindo com o seu dinheiro, enquanto fingia procurar Marcela.

"Será que podemos confiar em uma foto fora de contexto, em uma rede social de alguém que é próximo, mas não é a pessoa?"

Drico tentava justificar com base no que Afonso tinha contado para ele, mas não tinha noção da gravidade, porque não tinha visto as imagens. Afonso enfiou a mão no envelope e puxou algumas páginas impressas.

"Esse alguém está viajando com ele, curtindo praias exóticas, dormindo nos melhores hotéis, comendo nos restaurantes mais caros que existem." Afonso espalhou os papéis sobre a mesa. "E veja que são várias datas seguidas, só fazendo passeios e nada de procurar Marcela."

Afonso tinha concordado quando Drico sugeriu o detetive particular, afinal a polícia acabaria mesmo se metendo demais na vida de todo mundo, na empresa, e poderiam ficar sabendo do caso de Jaqueline, criando mais problemas. O foco era descobrir onde Marcela estava e, já que a polícia cada vez mais achava que não houve crime, nada melhor do que um especialista para fazer o serviço bem feito, mas as fotos revelaram que tudo era uma farsa.

"Ele está seguindo uma pista, não está?", disse Drico, mais uma vez tentando justificar. "Quando se tem uma informação boa, tem que ir até o fim."

Todas as pistas que Afonso tinha encontrado foram ignoradas pelo detetive, que seguiu sempre os sinais mais óbvios, até que um dia disse ter recebido uma denúncia anônima: Marcela tinha sido vista no aeroporto, acompanhada de uma mulher estranha. Com isso, começou a necessidade de viagens, para vários destinos, no país todo. Mais tarde, o detetive estabeleceu uma conexão com o tráfico internacional de mulheres e chegou a mostrar canhotos de passagem, fotos da tal mulher misteriosa, fichas que pareciam da polícia. Afonso não teve muita escolha. Concordou com a viagem para a Tailândia, para onde as universitárias ocidentais eram enviadas.

"Olhe essas fotos, Drico. Não existe investigação nenhuma. São brindes, sorrisos, praias, passeios de barco."

As fotos mostravam sempre a mesma moça sorridente e o detetive ao seu lado, tendo como fundo a ilha de Koh Phi Phi. Afonso só precisou fazer uma busca lógica, conectando amigos de amigos de amigos, confrontando datas e posts, para chegar à verdade. Drico parecia não querer enxergar, tentando justificar, até que, depois de um tempo, não conseguiu mais.

"Quer saber a verdade, Afonso? O detetive pode ser mesmo ruim, mas era um placebo, para você ficar calmo, para mudar o foco, afinal todo mundo sabe que sua filha fugiu e, com certeza, quis escapar desse tipo de coisa. De você. Ninguém te aguenta por muito tempo, Afonso, com esse seu jeito. Essa visão cartesiana sobre o mundo, onde tudo tem um número xis exato de possibilidades, nada a mais, nada a menos, com essa divisão que você cria, entre certo e errado, bom e mau. Sua família é perfeita, seu trabalho é perfeito, mas se alguém foge um pouco das regras você se assusta, acha que são vagabundos. Não aceita que as coisas e as pessoas possam mudar. Você queria que os negócios continuassem como eram no início. Queria que sua filha fosse sempre a garotinha comportada, que vai de casa para a escola e da escola para casa. Que não bebe, não fuma, não transa, não usa droga. Bem-vindo à realidade, Afonso. Ela fazia tudo isso. E sua outra filha também deve fazer. Mas é claro que o que acontece no mundo é permitido, o que não pode é acontecer com as suas filhas."

"Eu defendo o que é meu. Só isso. Faço a minha parte e espero que os outros também façam. O detetive estava sendo pago para fazer o trabalho dele."

"Por que você não consegue seguir com a sua vida, Afonso? Veja Solange. Veja sua outra filha, parece mais feliz também. Todo mundo está bem melhor. Agradeça a Marcela por isso. A fuga dela fez isso por todos."

Afonso fechou o punho e bateu na mesa. Drico olhou sobre os ombros, curvou o corpo, se aproximando do tampo da mesa.

"Ok, ok. Eu não devia ter dito isso, mas pense bem. Todo mundo lidou com a coisa toda. Só você continua nessa."

Afonso fez força para se manter sentado e não fazer nada pior, mas continuou achando difícil digerir tudo que Drico estava dizendo.

Drico esticou o pescoço, olhou em volta, e voltou a se curvar, tirando um frasco de comprimidos do bolso do casaco.

"Você está precisando de algo diferente. Algo que te acalme, que dê uma sensação de paz." Drico colocou o frasco na mão de Afonso. "Eu consegui isso aqui. É muito bom. Tem uma quantidade boa ainda, mas vou conseguir uma receita só pra você, coisa boa. Você vai se sentir melhor, você vai ver. E digo mais. Vamos esperar. Concordo com você na questão do detetive, mas vamos aguardar ele chegar e vamos cobrar uma posição, um relatório dessa viagem."

Afonso fingiu concordar e colocou o frasco de comprimidos no bolso. Até experimentaria o remédio, mas primeiro iria procurar a polícia. Essa história do detetive, esse pensamento de que tudo ficou melhor, soava estranho. Afonso estava decidido a falar com o investigador para contar tudo que tinha acontecido. Até mesmo sobre Jaqueline.

***

A casa nunca esteve tão preenchida. Não apenas de pessoas, mas também das coisas que vêm junto com elas. Desde cedo, os dois andares eram invadidos por essas interferências. Solange observava o dia começar em silêncio e, aos poucos, sons subiam as escadas e passavam pelas frestas da porta do quarto. Fonemas indefinidos de origens diversas. A voz grossa e firme de Fausto, vibrando nos lustres e no piso de madeira. *Fausto passou a fazer parte da casa.* Como uma visita que aparece sempre e vai ganhando confiança, tomando a liberdade de ficar um pouco mais. Outros sons iam surgindo. *Outras vozes.* Reverberavam nas paredes, alastravam-se como fungo, sem ficarem mais audíveis. *Confundem-se cada vez mais.* Em certos momentos, palavras soltas escapavam da intensidade normal e ricocheteavam nos objetos, subiam mais forte, alcançavam os ouvidos de Solange e pairavam entre ela e o teto branco. Palavras que eram possibilidades. *Um quebra-cabeça sonoro.* Um avanço nas investigações ou uma pista nova, que levaria a algum lugar, uma pessoa, um assassino. *Peças soltas sem sentido.*

Em um desses dias, de ruídos em piracema, a palavra suicídio chegou ao quarto. Solange demorou para perceber que não vinha de dentro dela, vazando de seus pensamentos direto para o teto branco. *Algo comum, antes de tudo acontecer.* Palavra horrível, mas forte. Dura e ao mesmo tempo singela, porque surgia sempre assim, carregada de ambiguidade. Para quem pensa ou fala, não tem diferença. *Significa paz. Significa ódio. Significa livre.* Vem com dificuldade, forma-se devagar e sai aos poucos, mesmo quando gritada. *Uma palavra que condena e salva.* Solange mantinha essa palavra bem presa dentro dela, como um fantasma, que ameaçava sair por aí, assombrando sua vida. Talvez por isso demorou para percebê-la subir e entrar no quarto.

Quando os sons fizeram sentido, Solange levantou-se. O movimento brusco fez as costas estalarem e o pescoço doer. *Falta de hábito.* Desceu as escadas agarrada ao corrimão. Afonso tinha dado um comprimido, ou dois, não fazia muito tempo, contribuindo para a incerteza sobre o que ouviu.

Na sala, os pequenos sons ganharam dimensão e sentido, sincronizados com as bocas. Afonso e Fausto estavam com rostos indecisos, mas não desesperados. Solange chegou a pensar que tinha confundido a palavra com outra. *Mas não existem palavras parecidas com suicídio.* Essa é uma palavra maldosa, sem rimas, sem irmãs, sem amigas. Uma palavra solitária. *Para solitários.*

Para fazê-los falar, Solange falou primeiro.

"Ouvi tudo. Quero saber a verdade. De que suicídio vocês estão falando?"

Afonso notou sua presença.

"Sente aqui, por favor", disse ele, colocando Solange no sofá. "Fausto estava contando sobre a moça que veio aquele dia aqui em casa."

"Que falou comigo", disse Solange.

"Exato", disse Fausto. "Fomos atrás dela no grupo de teatro. Descobrimos que o nome dela era Rebeca e ela fez mesmo parte do grupo, mas saiu. Ficou muito amiga de Marcela nos últimos tempos."

Solange queria perguntar o que a moça falou, o que sabia sobre Marcela, mas já imaginava a resposta. *A palavra era dela.*

"Descobrimos que Rebeca se matou algumas semanas depois do desaparecimento de Marcela."

Solange não conseguia ter nenhuma reação. *Era tudo muito confuso e absurdo para ser realidade.*

"Mas Fausto estava contando que ela deixou uma carta", disse Afonso.

"Sim. Existe um bilhete que a mãe dela encontrou no quarto que ela alugava. Os pais são do interior. Não faziam ideia da vida da filha."

Solange ficou ainda mais confusa.

"Diz algo sobre Marcela?"

"O bilhete tem frases desconexas, desesperadas. No final pede desculpas para os pais e, além deles, só menciona Marcela. Diz que sempre vai amá-la, apesar de Marcela ter prometido estar junto nesse momento, mas não estava."

Solange entendeu. Ela que tantas vezes pensou o mesmo. *Vários momentos diferentes.* Nunca teve a coragem e a força para conseguir. *Se tivesse alguém para dividir o peso.* Será que Marcela herdou isso dela?

"Elas combinaram de fazer isso juntas?", perguntou Solange.

"Não. Não é isso que ela quis dizer", disse Afonso.

"Juntas nesse momento. Foi o que ele disse." *Era evidente que a filha tinha tido a coragem que ela nunca teve.* "Mas Marcela deve ter preferido fazer sozinha, sem a amiga", disse Solange.

Afonso insistia em dizer que não fazia sentido.

"Isso é absurdo. Nossa filha não era assim. O que você acha?", perguntou para Fausto.

Fausto olhou para os dois.

"Infelizmente, não podemos descartar essa possibilidade, apesar de que em casos de suicídio o local é sempre muito evidente e não se demora para achar o corpo."

"Ela pode ter feito isso em algum lugar isolado", disse Solange. "Ter se jogado em um rio. Ter ido até uma praia deserta, ou a uma floresta. Marcela adorava a natureza."

Solange começou a chorar. *Eles querem uma lista?* Ela poderia dar várias possibilidades. *Todas as que já tinha pensado e outras novas.* Solange se levantou e, quando Afonso tentou ajudá-la, pediu para ele se afastar. *Precisava voltar para o seu quarto.*

***

Aquela era uma das áreas restritas de Marcela. Desde a adolescência as duas demarcaram seus espaços exclusivos. No caso do teatro, foi Manuela quem determinou sua própria extradição, impondo um limite intransponível, com direito a guaritas e muros imaginários. Mas, com a ausência de Marcela, as barreiras enfarpadas foram sendo removidas. Manuela começou a frequentar o grupo de teatro, a convite de Laura, sua nova amiga e velha amiga de Marcela.

É óbvio que no começo, com a irmã em fuga, Manuela considerava essas intrusões uma conquista. Só que agora, sabendo que Marcela não abandonou o seu posto porque quis, sabendo que a irmã foi tirada do seu território à força e mantida prisioneira, Manuela passou a ver a coisa de uma forma menos diplomática. Estar naquele teatro para fazer o teste era o mesmo que fincar uma bandeira, usando táticas de guerra suja.

Manuela entrou no galpão do grupo de teatro se equilibrando nessa linha de dúvida. O diretor seria um juiz, para dar o veredito. Se Alexandre Kisner dissesse que ela era igual a Marcela, seria oficial. Se dissesse que ela era melhor, seria perfeito. Era isso que Manuela vinha desejando nas últimas semanas. Mas faria sentido ela ocupar esse lugar agora que a irmã estava de volta? Ela queria aquela vitória, se a irmã estivesse em uma praia paradisíaca no sul da Europa. Seria uma alegria, se Marcela estivesse na Califórnia, tentando ganhar um Oscar, mas não sabendo que estava em uma cama de hospital, em coma.

O diretor estava fazendo a leitura de uma cena com alguns outros atores que participavam do teste. Manuela sonhou estar em cima daquele palco e aquilo poderia mudar o seu futuro, como teria mudado o de Marcela. Só que teatro, palco e plateia deixaram de fazer parte da vida de sua irmã, que faria sucesso, viraria uma celebridade, conquistaria o público, ganharia prêmios. Tudo isso deixou de ser realidade para Marcela, mas não deveria. Manuela não podia roubar isso da irmã. Seria uma nova violência. Ela já foi tirada desse lugar perfeito e protegido onde nada de mau acontecia. Precisava voltar para ele.

Manuela olhou uma última vez para o palco e abandonou aquela tentativa ridícula de ser quem não era. Caminhou em direção à saída bem no momento em que Laura estava chegando.

"Já terminou?", perguntou a amiga.

"Não. Não fiz o teste."

"Vamos lá então. Eu passo o texto com você mais uma vez, enquanto você dá um jeito na maquiagem."

"Não precisa. Eu desisti."

"Como assim, desistiu? Você não pode desistir. A vaga é sua. Tenho certeza."

Manuela não podia explicar, nem contar a verdade, muito menos queria conversar sobre o que nem sabia como falar a respeito.

"Isso aqui não tem nada a ver comigo."

"Para de bobagem, isso aqui é a sua cara. O Alexandre vai adorar você, tenho certeza."

"Só porque eu pareço minha irmã", disse Manuela. "Mas eu não sou a Marcela."

"Você é melhor que a Marcela. Ela desistiu. Abandonou. Não quis lidar com o sucesso."

Manuela ficou quieta. Nenhuma daquelas afirmações eram corretas. Continuou a andar e chegou à calçada. Precisava de distância para seguir em frente com a decisão.

"Você não pode fazer isso", gritou Laura. "Eu deixei tudo preparado para você. O Alexandre está esperando. Ele é o melhor diretor do Brasil e você não devia abandonar assim." O tom de voz foi se alterando a cada frase, cada vez mais cheio de raiva.

Manuela continuou andando.

"Sua irmã foi uma idiota e você está sendo também. Nesse ponto vocês são parecidas mesmo. Eu já deveria estar esperado essa babaquice sua. Óbvio que você seria tão imbecil quanto ela. Claro que iria fugir também."

Manuela não conseguia mais entender o que Laura dizia, mas a verdade é que ela era mesmo parecida com Marcela.

***

Afonso não estava apenas solitário. No contexto mais profundo dos sentimentos envolvidos, o termo mais apropriado seria abandonado. Além de separado de Solange e afastado da filha, ele tinha sido desacreditado por elas e usava todo o seu raciocínio lógico para reforçar os motivos para ter sido esquecido, estabelecendo relações que nutriam uma forma ativa de se culpar por tudo e buscar castigo. Sua mente saía à caça de flagelo pessoal, percorrendo uma selva de coincidências e pressuposições errôneas. E essa atitude predatória interior gerava atos concretos, criando loops de autopunição.

Um deles começava com Afonso indo pegar o ônibus no ponto mais próximo da sua antiga casa. Buscava sinais de Marcela, nos cartazes colados nos muros ou na placa de itinerários e horários, cobertos por hieróglifos modernos, com assinaturas indecifráveis ou apenas as iniciais do autor. Afonso procurava o nome Marcela ou pelo menos um M e um G, mas nunca encontrava. No ônibus, imaginava Marcela observando o comércio, prestando atenção nas lojas e nas pessoas, ou talvez apenas olhando para o céu, os topos dos prédios, as copas das árvores. Afonso tentava sentir o que a filha viveu. Olhava em volta e agia como um sistema de rastreamento poderoso, programado para detectar cada detalhe, com um algoritmo de comparação e decupagem de dados. Poderia criar um programa assim, útil, que analisasse se alguém dentro daquele coletivo poderia ter atacado Marcela, ameaçado com uma arma, feito ela descer antes de chegar na faculdade, revelando que caminho seguiu. Afonso montou uma planilha com todos os pontos de ônibus que existiam entre a casa e a faculdade e cada dia descia em um diferente, anotando trajetos e fazendo uma varredura de possíveis locais de cativeiro. O mapeamento dessas variáveis iniciais encerrava-se sempre na entrada da faculdade.

Marcela não foi vista em sala de aula na noite em que desapareceu, mas pode ter sido pega na chegada, por um aluno, por um falso amigo, por alguém que estava por perto. Se ela tivesse ido de carro, teria entrado no estacionamento, não teria sido levada.

Afonso buscava por algum rosto culpado, mesmo sabendo que a culpa estava com ele. A culpa era sua companheira, grudada em sua pele, na roupa, formando uma membrana que se alastrava e tocava cada vez mais coisas ao seu redor, não deixando espaço para mais nada. No apartamento alugado, onde tinha apenas um colchão e uma geladeira, todo o resto era preenchido por esse sentimento ruim que adora espaços vazios. Ele deixou a geladeira vazia por um dia e nunca mais pôde usá-la, com a culpa ocupando as prateleiras, as gavetas e os pequenos compartimentos de ovos. Afonso ficou dois dias sem comer e, quando se deu conta, a culpa já tinha preenchido o seu estômago. Se ficasse no seu apartamento, deitado na cama, a culpa o cobriria, como camadas de poeira em uma casa abandonada, e em poucos dias não conseguiria mais levantar o braço, quem dirá o corpo. A única coisa que impedia Afonso de ficar preso para sempre era o seu loop.

O caminho de ônibus rompia as camadas de culpa e dava forças para ele ir até o bar, quase em frente ao portão da faculdade. A peregrinação terminava com Afonso sentado em uma cadeira afastada, mas que dava vista para a pintura do enorme elefante azul atrás do balcão, que lembrava uma deusa indiana.

Daquele ponto, Afonso também via o barman sorridente. O sorriso incomodava, mas Afonso não parava de olhar. Estava ali para isso: fazer a culpa se transformar em ódio e não desistir de encontrar a filha.

Afonso pediu uma cerveja. Pegou dois comprimidos e engoliu com um gole. Ele sabia que era culpado, por ter tirado o carro de Marcela naquela semana, mas existia um culpado maior, que estava atrás do balcão, preparando bebidas e se insinuando para as garotas, do mesmo modo que deve ter feito com Marcela.

Fausto tinha dito que aquele era o álibi: o rapaz estava trabalhando na noite do desaparecimento. Afonso não acreditava nisso. Um álibi tão imbecil quanto aquele sorriso. Ele poderia ter saído mais cedo ou feito um intervalo. Poderia ter drogado Marcela e voltado para trás do balcão. Era um traficante, afinal. Saberia como fazer isso. Nessas noites de loop, Afonso já tinha visto o rapaz se ausentar várias vezes por um certo tempo. Saía com frequência para fumar e Afonso anotava todos os horários de intervalo na planilha que mandava para o detetive particular que tinha contratado. Chegou a enviar também para Fausto, mas a polícia não fazia nada. Não entendiam que essa era a desculpa perfeita. O álibi do álibi. Um antiálibi. Quando iriam levar a sério e rever essa história toda?

Afonso pegou seu celular e tirou algumas fotos do rapaz conversando com um grupo de meninas. Provavelmente não tinham idade para estar bebendo. Talvez tivessem. Era difícil dizer, nessa fase. De qualquer forma, também mandaria para o detetive.

***

Solange ficou feliz quando percebeu que o local era perfeito para algo romântico. Um restaurante pequeno, discreto, com mesas ao fundo, longe do movimento da entrada e fora da visão da rua, ideal para o que ela vinha esperando há dias: um encontro com Bernardo. *Um casal.* Finalmente, longe de William.

Achou que tinha chegado antes dele e aguardou, mas logo viu o aceno de Bernardo. *Homem incrível. Já esperando.* Ele tinha escolhido a mesa mais isolada. *Pensa em tudo.* Solange adorava homens que planejavam seus encontros cuidando dos detalhes. *Poderiam ficar mais à vontade.* Caso acontecesse alguma coisa, não precisariam se preocupar em serem vistos por alguém. *Tudo estava dando certo.* Mas, no caminho até a mesa, Solange notou a presença de uma mulher onde não deveria haver mais ninguém. *Sentada no lugar que era dela.* Tentou recordar se tinha esquecido algum detalhe, uma namorada que Bernardo deixou de comentar. *Esposa, talvez?* Nunca tinham entrado naquele tipo de assunto, mas ele teria mencionado.

Bernardo levantou-se para abraçá-la. *Sem disfarçar nem ficar nervoso.* Um homem comprometido ficaria no mínimo preocupado ao receber, na frente da companheira, o abraço de uma mulher bonita com quem tem uma relação, por mais que fosse, ainda, apenas profissional. *Era um bom sinal.*

"Que bom que você conseguiu vir", disse Bernardo.

"Confesso que estava ansiosa para esse primeiro encontro depois de estar oficialmente ao seu lado no Instituto."

Encontro. Ao seu lado. Solange fez questão de usar essas palavras, para que a mulher ouvisse e se tocasse dessa situação ridícula.

"Ora, ora, minha querida. Vá se acostumando a estarmos sempre juntos, ainda mais nessas horas."

Solange sorriu. *Outro sinal positivo.* Encarou a mulher, que continuava sentada, sem sinais de que se levantaria para cumprimentá-la.

"Essas são situações de decisão para o futuro do Instituto", disse Bernardo, "e quero muito sua ajuda. Tem uma pessoa que eu quero muito que você conheça."

Só podia ser a mulher sem graça que continuava sentada, com jeito de sonsa. Solange decidiu não se mover, até que a mulherzinha se tocasse. *Em certas ocasiões, um mínimo de respeito se faz necessário.*

"Essa é Maria de Fátima Sampaio", disse Bernardo. "Você já ouviu falar dela?"

Como assim? Conhecer aquela mulher sem graça? Solange se esforçou para sorrir, tentando não evidenciar demais aquele absurdo. Continuou de pé, sem estender a mão, e encarou a mulher até que ela percebesse o constrangimento que estava causando. *Um. Dois. Três. Quatro. Cinco. Funcionou.* A mulher levantou-se para cumprimentá-la e Solange pôde sentar-se.

"Não conheço", disse Solange para Bernardo, e depois virou-se para a mulher. "Me desculpe." E voltou a olhar para Bernardo. "Eu deveria conhecer?"

"Acreditei que você pudesse ter lido sobre o caso e lembrasse do nome." Bernardo baixou o tom de voz, deixando mais solene. "Maria de Fátima foi vítima de um marido abusivo que a atacou de forma brutal e lhe deu um tiro. Para conseguir escapar, ela se fingiu de morta e esperou enquanto o marido a violentava. Só depois que ele dormiu é que ela foi até a polícia, com um tiro nas costas, pedir ajuda. Foi um caso muito famoso na época. Achei que você tivesse ficado sabendo."

Solange lembrou-se do caso. Tinha sido mesmo muito comentado, mas nunca recordaria do nome da mulher e muito menos conseguiria imaginar que uma criatura tão mirrada como aquela poderia ter feito algo assim. *Tudo tem limite.*

"Nossa, nunca tinha ouvido falar dessa história", disse Solange. Virou-se de novo para a mulher. "Aconteceu mesmo dessa forma? Pergunto porque sempre acho que os jornais aumentam esses escândalos. Não que eu esteja duvidando, mas sabe como é a imprensa, não é?"

A mulher deu um sorriso sem graça.

"Maria de Fátima ficou um tempo reclusa e protegida, sob tratamento psicológico, até o marido ser condenado", disse Bernardo. "Agora ela está um pouco melhor, mas ainda tem que lidar com certas fobias, problemas de insônia, questões de relacionamento. O que é natural nesse tipo de caso."

Solange tentou fingir empatia. *Tem que lembrar de sorrir.* Em uma situação normal, ela até conseguiria, mas naquele momento estava procurando entender o que aquela mulher, com uma história absurda daquela, estava fazendo no happy-hour romântico que Bernardo tinha marcado. *Quando essa coitada iria embora?*

Bernardo continuou.

"Uma das metas do Instituto é ampliar as opções de palestras e cursos. Por isso eu convidei Maria de Fátima para ser também uma das novas palestrantes. Acho que ela tem uma história incrível, que será um sucesso. Ainda mais, junto com você."

Que absurdo. *Como ele vai trazer uma pessoa com uma história infame dessas para falar com as pessoas?* Justo hoje que Solange tinha pensando em aproveitar o momento íntimo para se abrir e contar para Bernardo sobre a volta da filha. *Inacreditável.* A perda de Marcela era uma história muito melhor. *Sofrimento contínuo.* O marido dessa mulher já estava na cadeia. Já extraíram a bala. Tudo estava curado. *Nem cicatriz deve ter ficado.* Será que era verdade? *Será que ela não inventou tudo isso?*

"Com certeza, é uma história inacreditável", disse Solange. Por enquanto, precisava mostrar-se satisfeita.

"Solange é uma das melhores palestrantes que eu já vi", disse Bernardo para Maria de Fátima. "Ela é capaz de fazer qualquer um se emocionar. Pode apostar que ela vai te dar todas as dicas para você fazer uma palestra incrível. Eu marquei esse encontro para vocês se conhecerem e começarem a trabalhar juntas."

Incrível era essa conversa. No pior dos sentidos. Além de tudo, teria que ajudar essa mulherzinha? Ela que se virasse para preparar uma palestra. *Ela não era uma santa?* Praticamente ressuscitou, não foi? *Tem até nome de santa.* Ela que descubra uma forma de emocionar as pessoas.

"Quero que você acompanhe Solange na próxima palestra para ver como funciona. Só como ouvinte. Para ir começando."

Solange odiava dividir o palco e a atenção da plateia.

"Excelente ideia", disse Solange para Bernardo, forçando um sorriso.

Bernardo fez sinal para um garçom.

"O que vocês querem pedir? Esse lugar é excelente", disse Bernardo para as duas.

Com aquele comentário, Solange entendeu que o happy-hour romântico não aconteceria. Pegou um cardápio e fingiu interesse.

***

Levou cinco minutos para Manuela perceber que aquela garota, meio afetada e vestida de forma exagerada na tentativa de parecer estilosa, estava conversando com ela achando que falava com Marcela. Era bizarro saber que ainda existia esse tipo de gente na faculdade. Pessoas que ainda não sabiam que sua irmã tinha fugido desse mundinho falso, em que uns tentavam parecer melhores que os outros, muitas vezes usando roupas ridículas e acessórios chamativos que mal combinavam. Tudo bem que, naquele momento, não estavam na universidade e a garota poderia não ser uma aluna. De qualquer forma, aquela era uma festa da Escola de Belas Artes, o que significava que a grande maioria das pessoas eram do curso de teatro, sem falar que essa garota, apesar de ser absurdamente excêntrica e estar escandalosamente bêbada, conhecia Marcela de algum lugar, afinal confundiu Manuela com a irmã e estabeleceu um diálogo, apesar de, tecnicamente, aquilo ser um monólogo.

Manuela só entendeu a confusão quando a garota, jogando um braço sobre o ombro dela, daquele jeito irritante que pessoas bêbadas fazem, disse: "Eu te aplaudi de pé naquele dia", em uma referência clara a alguma peça em que Marcela tinha atuado. Manuela repetiu alguma vezes que não era Marcela, mas o nível alcoólico da garota estava mais alto que o salto da sandália vermelha que ela estava usando. Entre uma tentativa e outra de manter o equilíbrio, a garota chegou a dizer, algumas vezes: "Eu sei que você não era Marcela naquele momento", no sentido de: "Eu sei que você encarna uma personagem quando está no palco." A partir de um ponto, Manuela não tentou mais desfazer a confusão, foi fingindo ser Marcela, cortando a conversa com respostas monossilábicas, e até mesmo grosseiras, distanciando-se aos poucos, enquanto a garota balançava de um lado para o outro e mudava sua atenção para o restante da festa.

Finalmente livre da nova falsa amiga esfuziante, Manuela aproveitou para circular pelo lugar, famoso por essas festas no final de semana. Era sua primeira vez em uma das noites agitadas do Elefante Azul, que nada mais era que uma grande casa adaptada para realizar eventos, que aconteciam sextas e sábados. De terça a quinta, apenas a parte da frente ficava aberta, com um bar oferecendo bebidas e algumas poucas opções de comida. Para quem estudava na Escola de Belas Artes, bastava cruzar o estacionamento e atravessar a rua, tornando-se assim o lugar preferido da galera descolada. Fazia um tempo que Manuela queria vir a uma dessas festas, mas não tinha conseguido tomar a atitude. Primeiro, porque fazia muito pouco tempo que sua irmã tinha fugido e seus pais estavam com o modo superproteção ativado. Depois, levou um tempo para ter coragem de ir sozinha. Estava focada no vestibular e nem pensava em sair. Agora, que entrou na faculdade, descobriu que aquele não era bem o tipo de lugar que seus colegas da engenharia da computação frequentavam. As festas do pessoal de exatas eram bem menos animadas e todos pareciam se divertir apenas com coisas pouco divertidas. Manuela até tentou acreditar que gostava desse mundo sem graça, mas nos últimos tempos começou a rever o que gostava ou deixava de gostar, como se tivessem tirado sua restrição, apesar de nunca ter tido uma de verdade. Não sabia explicar e nem queria ficar tentando entender. Decidiu que iria apenas curtir um pouco mais. Agora que estava sozinha, não precisava de comparações, mesmo que algumas ainda acontecessem. Precisava sempre lembrar que podia ser diferente.

O que Marcela faria?

Riu do próprio pensamento. Era uma brincadeira, mas também era sério.

O que Marcela faria?

Foi até o bar e balançou o braço com uma pulseira rosa fosforescente, o que fez a moça atrás do balcão lhe entregar um copo de cerveja. Ninguém precisava saber que ela não estava acostumada com aquilo. Já estava diferente. O vestido fazia ela se sentir estranha, mas mais bonita e mais solta também. Lembrava Marcela e trazia um sentimento bom.

"Marcela, deixa eu te apresentar esse amigo."

A garota bêbada tinha voltado, trazendo mais alguém para conversar. Quando esses babacas vão se tocar que Marcela já era?

"Rafa, essa é a Marcela, atriz de teatro."

"Oi, Marcela."

"Eu não sou Marcela."

"Ela não é fantástica?", disse a garota, rindo alto para o rapaz.

Manuela virou os olhos. O rapaz sorriu, se aproximou e falou baixinho: "Relaxa, eu sei que você não é ela." Ele deu uma piscadinha, o que deixou Manuela mais aliviada.

Os três falaram sobre atuação, em uma conversa de malucos, comandada pela garota etilicamente extrovertida. Depois de um tempo o assunto foi morrendo, já que Manuela não conseguia dar continuidade, apesar do rapaz estar se divertindo com a encenação.

Mais alguns drinques e a garota bêbada se afastou para dançar, deixando os dois sozinhos.

"Manuela, né?"

"Sim. Sua amiga está em outro planeta. Com certeza deve ter visitado Marcela, por lá."

Ele sorriu.

"Não sei como ela pode ter feito essa confusão", disse Manuela.

Ele olhou com os olhos arregalados, fazendo graça.

"Eu sei", afirmou ele, estendendo a mão e apontando para Manuela. "Vocês são muito parecidas."

"Ok. Entendo. Mas quem nessa faculdade, ou que acompanhava o grupo de teatro, não saberia que Marcela não está mais entre nós?"

Ele fez uma nova cara de assustado, ainda mais cômica.

"Tá. Não nesse sentido", disse Manuela. "Mas sabemos que ela fugiu e já era. Não existe mais Marcela, nem no curso de teatro, nem no grupo. Entende o que eu quero dizer?"

"Mas você está muito igual a sua irmã. Tem gente por aqui que gostaria de ter uma nova chance de encontrar Marcela." Ele sorriu para ela.

Manuela não entendeu muito bem. Ele estava dando em cima dela ou de Marcela? Ou dando em cima dela, achando que era Marcela, mesmo sabendo que não era Marcela?

O álcool parecia estar fazendo efeito e amortecendo todo o senso de realidade e de identidade que ainda existia naquela conversa.

***

Afonso recebeu a ligação e foi direto para a delegacia. Aguardava em uma sala onde já tinha estado no início das investigações, mas que agora parecia mais arejada e ampla, como se tivesse sido redecorada.

Fausto entrou cinco minutos depois, carregando a pasta do caso: umas poucas folhas abraçadas por papel pardo grosso.

"Reformaram aqui?", perguntou Afonso.

Fausto fechou a porta e avaliou a sala, sem muita dedicação.

"Uma mudança aqui, outra ali, mas no geral continua tudo como dois anos atrás."

O investigador sentou-se, dando uma última olhada no ambiente, e bateu na pasta com dois dedos.

"Eu te chamei aqui, Afonso, para conversarmos sobre o resultado da perícia e sobre a retomada das investigações."

"Quando Marcela vai poder ir para casa?"

"A equipe médica pretende tirá-la do coma induzido nos próximos dias. Estão só esperando ela ganhar mais peso. Recuperar-se dos danos físicos."

Afonso fingiu dar atenção, como se fossem as respostas que esperava ouvir. Aguardava informações úteis de quando poderia recomeçar a vida interrompida.

Fora da pasta, os papéis formaram um leque irregular, alguns eram do hospital, outros da polícia. Fausto escolheu um para começar.

"Uma análise mais detalhada das condições em que Marcela foi encontrada comprovou que ela foi mantida em cárcere privado, durante todo o período em que ficou desaparecida. A equipe de resgate já tinha reportado formações de calos em diversos pontos do corpo, indicando que ela ficou basicamente em uma mesma posição, em um local não muito confortável."

Afonso assentia com a cabeça, torcendo para que cada informação fosse a última.

"Foi detectada uma certa fotossensibilidade, que só saberemos o grau quando ela estiver desperta, mas já podemos deduzir que ela ficou a maior parte do tempo sem ver a luz do dia. Também se descobriu que ela era sedada com frequência." Fausto alterou o foco para outra folha do leque e Afonso tentou contar quantas informações ruins ainda teria que ouvir. "Quanto aos danos internos", continuou Fausto, "os mais graves foram causados por penetração de objetos, de diferentes formas e materiais. Além disso, muitos órgãos foram afetados pelas agressões externas, provavelmente chutes na região abdominal. Algumas costelas foram quebradas várias vezes e já estão calcificadas. Também existem fraturas nos braços, nas mãos, na mandíbula e no nariz. Alguns dentes quebrados, que apresentaram um detalhe à parte." A mão de Fausto saltou para outro relatório. "Foi detectado um acúmulo de resíduos de comida de cachorro."

"De cachorro?"

"Sim. Um tipo de ração comum, dessas que são vendidas em supermercado e loja de animais. Quem fez isso com Marcela não queria se dar ao trabalho de preparar comida. Confirmaremos com Marcela, mas tudo indica que ele deixava ração e água em algum tipo de jaula escura."

"Como um animal qualquer?"

"Sim." Fausto não olhou para Afonso e sim para sua própria mão, passeando sobre os papéis, como se escolhesse o que falar em seguida. "Vasculhamos toda a região onde ela foi encontrada, mas não descobrimos nenhum vestígio de que tenha sido mantida nas proximidades. Aparentemente foi deixada como morta ou para terminar de morrer. Ela estava muito debilitada e seus sinais vitais eram mínimos. Tivemos muita sorte do homem que a encontrou ter percebido ela no meio da mata, encoberta por folhas. O lugar é de difícil acesso, quase ninguém passa por lá."

"Quem é esse sujeito? Vocês investigaram? Não é estranho ele estar lá?"

Com um movimento tranquilo, Fausto fechou o leque, devolvendo os papéis à pasta, e olhou para Afonso.

"Não faça isso, Afonso. Eu sei como você pensa e age com essas novas informações. Não vou falar o nome dele. Já basta o que você fez indo atrás do Jorge. Não quero que isso se repita."

"O Jorge ainda pode estar envolvido, não acha? Não deve ser descartado. Vocês desistiram porque acharam que a história da fuga fazia mais sentido, mas agora todo o resto voltou a ser possível."

Fausto balançou a cabeça.

"As coisas não são simples assim. Retomamos a investigação, temos um pouco mais de material para trabalhar, e quando Marcela acordar vai poder nos contar sobre o que aconteceu, mas agora o que eu preciso é que você nos autorize a falar com Marcela, assim que ela sair do coma. Precisamos saber de imediato o que ela tem de informação sobre a pessoa que a manteve presa por todo esse tempo, fazendo essas coisas com ela."

Afonso deu a autorização e pediu que Fausto retomasse a investigação sob essa ótica de sequestro. Toda a maldade envolvida indicava algo planejado, com objetivos claros de punição ou vingança. Chegou a pensar em mencionar as últimas conversas com o seu sócio e o caso de Jaqueline, porém lembrou que isso poderia colocá-lo em suspeita e afastá-lo mais uma vez da filha. Com certeza as coisas não tinham relação. Só iriam causar mais questionamentos e afastá-lo ainda mais da família. E isso era o que Afonso menos queria.

***

William tinha ligado cedo com a notícia de que o canal tinha atingido a marca de um milhão de assinantes e fez o convite para comemorarem.

"Vamos sair para jantar. A ocasião merece."

Solange sabia quais eram as verdadeiras intenções. *Jantar a dois. Romântico demais.*

"Prefiro um almoço. Manuela precisa de mim à noite." *Mentira básica e necessária.*

William pareceu aceitar, mas, quando ela chegou, viu um espumante já aberto em um balde ao lado da mesa. *Ele nunca deixava de tentar.*

"Um milhão pede um brinde especial", disse William, pegando a garrafa e servindo as taças.

"Eu nem acredito." *Não só acreditava como já esperava.* Solange vinha acompanhando o número de inscritos nos últimos dias e não via a hora de aparecer mais um dígito.

"Um brinde ao sucesso dos nossos vídeos", propôs William.

"Ao sucesso." *Todo meu.*

"Do nada, chegamos aqui."

"Quem poderia imaginar que algo tão bom pode nascer de algo tão ruim."

"É incrível, realmente. Mesmo o caso perdendo força, você ganhou cada vez mais atenção. Hoje, se a gente perguntar, a maioria das pessoas não vai lembrar de Marcela, mas com certeza já vão ter ouvido falar de Solange Gusmão."

"Acho que sim."

"É estranho pensar que, se você sumisse, teria muito mais repercussão. Um milhão de pessoas sentiriam sua falta."

"Aposto que chegaria em 2 milhões da noite pro dia."

"Sem dúvida", disse William, completando as taças.

Os dois fizeram um novo brinde.

***

As cadeiras em círculo deixavam claro para Manuela que aquilo era mesmo idiota como ela tinha imaginado. Os argumentos que seu pai e sua mãe utilizaram, por mais sérios e respeitosos que soassem, não se sustentavam, pelo simples fato de que pessoas que se sentam em círculo em uma sala de aula ou ainda usam fraldas ou têm sérios problemas cognitivos. Ou as duas coisas juntas. Sem falar no próprio descrédito evidenciado pela ausência de interesse. O círculo era composto por umas vinte cadeiras e nem metade delas estavam ocupadas, o que significava que os próprios organizadores já não tinham uma grande expectativa, e mesmo essa baixa expectativa não tinha sido atingida. Em resumo, os babacas não acreditavam na própria babaquice. Havia uma razão lógica para isso: quem precisaria de um grupo de apoio para lidar com a fuga de uma adolescente que se achava adulta e queria se livrar justamente de coisas infantis e imbecis como aquelas? Nesse aspecto, Manuela era obrigada a admitir que sua irmã estava certa. Ponto para Marcela, finalmente. Sem falar que basta se esforçar um pouco para perceber que a vida já é formada por vários desses círculos idiotas. Um da família, outro da faculdade e um bem maior, da sociedade em geral, definindo os padrões para todos os outros. É um círculo mais sinistro que o outro, envolvendo, engolindo e fazendo todo mundo parar para conversar e pensar no que estão sentindo, como se isso ajudasse, sendo que a única coisa que ajudava de verdade era acabar com essas rodas de conversa ou fugir delas. Esse era o segredo da vida. Poder chegar a um ponto e dizer "desculpa, círculo errado", fazer uma cara de perdida e ir embora, como fez Marcela.

De alguns círculos não tem como se escapar, como esse que Manuela acabou de entrar, fruto da cabeça do seu pai. Ele já tinha avisado que ela viria e ainda fez questão de trazê-la, para não correr o risco de fuga. Imagina o medo que ele tinha, da outra filha também desaparecer, na mesma faculdade e no mesmo prédio em que Marcela estudava. Aí sim ele ficaria louco de vez.

Imaginar o pai sendo internado em um hospício fez Manuela sorrir, bem na hora em que a psicóloga foi cumprimentá-la, fazendo a psicóloga achar, erroneamente, que Manuela estava feliz de estar ali e, por isso, retribuiu com um grande sorriso.

"Que bom que você veio. Pode escolher um lugar."

Manuela sentou-se na cadeira mais próxima e só depois reparou na criatura esquisita que estava ao seu lado. Um rapaz magro com mil piercings na orelha, na boca e no nariz. Devia ser colega de Marcela, do curso de teatro, como a maioria ali parecia ser, apesar de que o grupo de apoio estava aberto a quem quisesse participar. Manuela ficou considerando as chances mínimas daquele rapaz conseguir papéis importantes, em peças sérias, com aquela quantidade de metal introduzido em orifícios faciais. Poucas chances de fazer Shakespeare, por exemplo. Protagonista, então? Poderia esquecer.

A psicóloga começou a falar e seu tom de voz fazia aquilo parecer um culto religioso. Falava sobre como lidar com a perda de uma pessoa tão incrível, que fez parte da vida de cada um que estava ali. O mesmo papo que tinha usado com ela, sua mãe e seu pai, em casa, em um microcírculo-problemático-familiar, onde aquilo, pelo menos, fazia algum sentido. Manuela tentava imaginar que papel Marcela teve na vida das pessoas encirculadas naquela sala. Será que Marcela tinha sido incrível mesmo para todos eles? Ela, que era irmã, tinha suas dúvidas, imagina aquelas pessoas que conheciam Marcela há tão pouco tempo.

Uma garota, sentada quase na posição oposta, não estava querendo saber do que a psicóloga falava, preferindo olhar para Manuela de uma forma meio psicopática e, quando Manuela retribuiu o olhar, ela abriu um grande sorriso de dentes muito brancos, em uma boca de modelo, com batom vermelho. Essa sim tinha cara de protagonista, com acessórios de metal na quantidade certa e nos orifícios tradicionais. A garota tinha olhos luminosos que estavam cravados em Manuela, gerando até um desconforto por parecer meio desrespeitoso com o propósito do círculo.

A psicóloga fez o trabalho dela, falando sobre o motivo daquele grupo de apoio, oferecido de forma gratuita para os alunos da faculdade, conhecidos ou não de Marcela, para que pudessem lidar com esse momento difícil. Explicou que estavam evoluindo para uma nova fase dos encontros. Já tinham se passado várias semanas desde o desaparecimento e o objetivo agora era começar a curar as dores da perda e por isso achava importante a presença de Manuela naquele e nos próximos encontros, para falar um pouco sobre a irmã, para que lembrassem de Marcela como uma pessoa que merece todo esse carinho e, assim, poderiam lidar melhor com a falta e deixá-la sempre guardada na caixinha boa, lá na prateleira das lembranças.

Vendo que a psicóloga colocou as coisas dessa maneira, Manuela fez a única coisa que podia fazer em uma situação dessas: mentiu gloriosamente.

Manuela falou sobre os momentos felizes que elas passavam juntas e como Marcela era uma irmã incrível, talentosa e cheia de vida. No final, disse que tinha certeza que Marcela estava em um lugar especial, sem dar sua opinião sincera. Aquelas pessoas não estavam preparadas para aceitar Marcela em uma praia em Bali, ou trabalhando em um albergue na Califórnia, fazendo cursos legais de teatro.

Ao sair, após uma despedida geral do grupo e uma particular da psicóloga, Manuela viu a garota dos dentes brancos parada no corredor, esperando por ela com um sorriso ainda mais exagerado.

"Oi", disse a garota. "Meu nome é Laura, eu era a melhor amiga da sua irmã. Vocês são muito parecidas. É impressionante."

Manuela olhou com descrença.

Uma melhor amiga que passou a reunião toda ignorando o que a psicóloga dizia?

Tudo bem, poderia ser. Manuela, que era irmã, também não dava importância para esse negócio de grupo de apoio. Talvez essa tal de Laura soubesse onde Marcela estava. Melhor amiga sempre é confidente. Talvez, para ela, Marcela tenha contado o destino da fuga.

"Você era da turma dela?"

"Estudo aqui, mas nos conhecemos no grupo de teatro. Eu já estou me formando. Ficamos amigas lá, depois aqui. Fiquei sabendo que você ia começar a participar do grupo de apoio e quis te conhecer também."

Manuela não sabia mais o que falar. Pensou em dizer "legal", mas achou que soaria estranho.

"Eu gostaria de conversar mais sobre Marcela", disse Laura. "O que acha de tomarmos alguma coisa? Pode ser aqui perto mesmo, no Elefante Azul. Conhece?"

"Já ouvi falar. Podemos ir sim."

Uma boa oportunidade para Manuela descobrir mais sobre essa amiga e sobre Marcela também.

***

Afonso chegou em casa e ficou no sofá, com o computador no colo, validando alguns códigos de um novo aplicativo, esperando que o trabalho fizesse a noite avançar, mas não tinha a concentração necessária. Sua mente continuava executando o replay das últimas vinte e quatro horas. Seus pensamentos iam até a empresa e faziam tudo de novo, do jeito esquisito que foi, no lugar impróprio em que foi. Tudo que Afonso queria era uma desculpa para não ter que ir para o quarto antes de Solange dormir e, nesse sentido, a ligação de Drico, pedindo para ele voltar para o escritório, foi bem-vinda.

O lugar estava vazio. Nada do ritmo das últimas noites, nada dos garotos tentando cumprir o prazo maluco, digitando linhas e linhas de código como se o universo dependesse disso. Uma noite de calmaria depois do agito todo. Um ciclo de compensação.

No dia anterior, tinham entregue o sistema para a empresa de logística, ou como a equipe envolvida gostava de chamar: o mais alucinante gerenciador de tempos e movimentos da galáxia. Se houve esse nível de empolgação para trabalhar, a comemoração só poderia ter sido na mesma intensidade. Todos passaram dos limites, principalmente a equipe principal, que executou o projeto. Drico chamava esse grupo de Dream Team e cuidou para que eles tivessem a festa merecida.

Todo mundo enlouqueceu um pouco, inclusive Afonso, que chegou a quebrar a sua regra básica de nunca fazer besteiras dentro da empresa. Ele estava muito feliz, pois tinha desenvolvido algo disruptivo nesse projeto, depois de várias noites sem dormir, com a ajuda da equipe e de muitas doses dos Amplificadores de Performance de Drico. O software que foi criado valeu cada hora perdida e cada comprimido ingerido. Afonso sentiu-se como no início da empresa, mais conectado com todos, mais poderoso do que o normal, e por isso deixou-se levar pela empolgação. Sabia que tinha cometido um erro e torcia para que fosse esquecido em poucos dias, mas ficou surpreso ao descobrir que o assunto sério que Drico mencionara na ligação estava relacionado com a garota da noite passada.

"Jaqueline não veio trabalhar hoje", disse Drico. "Sabe quem é? A garota da equipe principal? A que os caras chamam de Jack? Ela não veio trabalhar. Até aí tudo bem, porque a maioria também não apareceu, mas ela surgiu aqui no fim do dia, depois que você saiu, e a garota tava transtornada, Afonso. Disse que foi violentada ontem à noite. Aqui. Na empresa. Durante a festa."

A palavra "violentada" deu voltas dentro da cabeça de Afonso como motoqueiros no globo da morte. Cada novo giro era uma tentativa de lembrar detalhes do que tinha feito ou algo que justificasse: uma atitude mais forte, uma conversa que deu a entender outra coisa, um jogo que ela tenha feito, uma palavra que causou raiva.

"Ela não lembra direito do que aconteceu, porque apagou na festa. Acho que você nem estava mais aqui quando aconteceu", disse Drico. Aquela informação deu certo alívio a Afonso. "Tomaram muita coisa. Beberam demais. Todo mundo. Eu vi alguns caras levarem Jaqueline para a Sala de Descompressão. Deixaram ela lá deitada e voltaram para a festa."

O puff em formato de lâmpada foi resgatado do fundo da memória de Afonso. Tinha deitado nele com Jaqueline, na Sala de Descompressão.

"Ela ficou lá o resto da noite e alguém, ou alguéns, foi lá e mexeu com ela, abusou dela, enquanto dormia."

Afonso apertou a testa com as pontas dos dedos, bem no ponto onde a dor da ressaca permanecera o dia todo, e agora sentia ela crescer e se alastrar. Não conseguia dizer nada. Tinha descoberto que Jaqueline não estava tão disposta a qualquer coisa como ele achara.

"Pode ficar tranquilo, Afonso, confirmei com alguns dos caras e um deles admitiu que passou lá, na descompressão, para pegar um casaco, e a Jack se insinuou para ele, ele disse. Ele confessou que deu uns amassos, porque também estava doidão, ele confirmou até. Talvez tenha feito coisa pior, mas, segundo ele, tudo consensual. A Jack mesmo não lembra de nada, mas tem marcas."

A palavra marcas abriu caminho e vasculhou cada neurônio de Afonso para tentar encontrar alguma correspondência no que ele tinha feito com Jaqueline. Não lembrava, mas não significava que não tinha acontecido. Pode tê-la machucado sem querer.

"Ela procurou a polícia?" Afonso conseguiu perguntar, jogando mais uma vez um baldinho lá para o fundo do poço das lembranças, tentando puxar alguma coisa útil.

"Convenci ela a não fazer isso, pois sabe como é a polícia. Disse que seria muito difícil provar. Perguntei se ela se lembrava, se poderia afirmar, que não tinha provocado, nenhuma vez, ninguém."

"E ela?"

"Entendeu o problema. Começou a chorar, acho que sentindo que tinha parte da culpa, caiu a ficha, sabe como? Expliquei que a polícia iria contestar as coisas, perguntar coisas piores."

Afonso entendeu a péssima lógica de Drico, mas não se imaginava capaz de pensar nada diferente.

"Ofereci ajuda", disse Drico. "Ela topou. O plano é simples: fiz ela tirar férias, para esfriar a cabeça. Com isso, as provas desaparecem, é claro. Não falei isso para ela, mas quando voltar, já vai ter recebido uma proposta muito boa de uma das nossas empresas parceiras, daquele amigo meu, que eu vou combinar, e pagamos os três primeiros salários dela lá. Todo mundo sai ganhando. Como se nada tivesse acontecido."

Afonso quis ligar para Jack e pedir desculpas, ou apenas dizer que sentia muito, o que era verdade, mas talvez ela ficasse com raiva e criasse problemas, estragando o plano. Drico sabia cuidar das coisas. Afonso esperaria tudo se ajeitar. Não foi mesmo culpa dele.

***

Era para ser tudo como sempre foi, mas não estava sendo. *Só piorava.* Solange estava perdendo a concentração, esquecendo do que precisava falar e de todos os momentos de pausa. Tudo porque Bernardo estava na plateia e, ao seu lado, Maria de Fátima. *O absurdo em forma de pessoa.* A insistência dele em preparar essa nova palestrante significava muitas coisas e todas elas estavam fazendo Solange não conseguir ser a profissional que precisava ser naquele momento. *Talvez Bernardo tenha desconfiado que Marcela voltou e estava preparando uma substituta.* Ela não podia errar como estava errando. *Ainda mais nessa situação.* Bernardo ouviu essa palestra antes e deveria estar percebendo a diferença. *Isso era péssimo.*

Solange tentou voltar ao conteúdo e reencontrar o rumo de seu roteiro padrão. *Queria que chorassem no final. Esse era o objetivo maior.* Precisava manter o nível, ainda mais sendo observada por essa amadora. Tentaria um apelo mais direto.

"Vocês não têm ideia de como é o sofrimento quando ele ultrapassa limites aceitáveis. É difícil até de descrever. Sofro de novo, cada vez que estou aqui com vocês, mas sei que essa é minha missão."

Uma mulher na primeira fila, sentada do outro lado de Maria de Fátima, levantou a mão. Solange aumentou o tom de voz e virou rápido, fingindo não ver. *Mais uma técnica útil.* Detestava ser interrompida com perguntas antes da hora, mas bastava não dar atenção para que esse tipo de pessoa desistisse depois de um tempo. *Logo a chata iria se tocar.* Solange passou um bom tempo falando para o outro lado da plateia, mas a mulher não recolheu o braço.

Solange não podia ficar muito tempo sem se movimentar. *Significaria pouco domínio de palco.* Ficaria evidente que ela estava tentando ignorar a perguntadeira de plantão. *Melhor aproveitar para reorganizar o roteiro.* Virou-se e apontou para a mulher.

"Diga, querida."

"Oi. Meu nome é Patrícia. Eu estava conversando com essa colega aqui antes da palestra." A mulher apontou para Maria de Fátima. "Ela tem uma experiência que merece ser dividida. Acho que poderia contribuir, pois é um caso real, de alguém que está na plateia."

Solange pegou um copo d'água, ganhando tempo para dar a melhor resposta. *Como assim, um caso real?* Isso quer dizer que o caso dela não era real? *Será que essa mulher sabe também que Marcela voltou?*

"Patrícia, muito obrigado por sua sugestão", disse Solange, deixando o copo na mesa. "A mulher ao seu lado de fato tem muito a contribuir. Ela é uma amiga minha e futura palestrante aqui do Instituto. Seu nome é Maria de Fátima e, em breve, no momento certo, ela contará sua história."

Solange voltou para o centro do palco para tentar retomar de onde parou, mas viu mais uma vez uma mão erguida. *Não era possível.* Agora era Bernardo. Ela não poderia usar a técnica de olhar para o lado. Ela apenas sorriu, dando permissão.

"Desculpa interromper, Solange, e obrigado, Patrícia, pela sugestão. O Instituto tem trabalhado para trazer sempre pessoas com histórias de vida que ajudem no crescimento de todos. Apesar de saber que Maria de Fátima ainda não tem sua palestra preparada, acho importante ouvir sua história."

Ele estendeu a mão para Maria de Fátima e todos aplaudiram enquanto ela subia ao palco.

Solange não prestou atenção. Já conhecia a história, ou pelo menos o enredo principal. *Cansativo e sem emoção.* A mulher não sabia criar expectativa alguma. Já começou contando tudo. *Ridículo. Nem usava pausas.* O mais absurdo era que, mesmo assim, sem qualidade, ela estava emocionando as pessoas. *Como podem ter empatia com uma história tão mal contada?* A história de Maria de Fátima era uma novidade, tudo bem, mas era um caso resolvido. O caso de Marcela não tinha desfecho. *A não ser que a moça da UTI seja mesmo Marcela.* Nesse caso não teria um final triste. Se a moça encontrada for mesmo sua filha, Solange será conhecida como a mãe que recuperou a filha. *Que graça há em uma história dessa?* Não pode ser Marcela. *Era outra pessoa.* Se Marcela voltar de verdade e Maria de Fátima entrar no Instituto, será o fim.

A plateia começou a chorar. Solange não reparou que parte da história foi capaz daquilo. *Deviam estar chorando de tristeza, sendo forçados a ouvir aquela palestrante horrível.* Tentou prestar atenção. Maria de Fátima estava dizendo: "...assim eu sigo minha vida, cada dia fazendo os bons sentimentos renascerem pela manhã, mas enterrando todo sofrimento de novo, quando vou me deitar."

O público aplaudiu, empolgado. *Não dava para entender.* Tudo bem que era uma frase impactante, mas Solange tinha várias, muito mais bem elaboradas. *Talvez esse público fosse menos instruído, mais limitado.* Talvez gostem de frases mais óbvias.

Maria de Fátima começou a chorar e não conseguia continuar. A plateia aplaudiu, mas a palestra já tinha perdido o ritmo. *Será que ela não percebia isso?* Bernardo se levantou e subiu ao palco. Claro que ele não devia estar gostando nada daquilo. Solange deu um passo à frente. *Bernardo iria pedir ajuda.* Ele deve ter percebido o erro que cometeu e contaria com ela para salvar aquele momento trágico. *Tudo isso serviria de lição, para ver que não se pode confiar em uma iniciante que nem sabe explorar seus sentimentos da maneira correta.* Mas Bernardo passou por Solange e abraçou Maria de Fátima, que encostou a cabeça em seu peito. *Inacreditável.* Era Solange quem deveria estar ali, próxima do coração dele. *Sentir sua mão acariciando os cabelos. O que devia ter acontecido no happy-hour.* Maria de Fátima não só estragou sua noite romântica, mas também ocupou seu lugar no palco.

Solange também começou a chorar. *Precisava fazer parte daquilo.* Aproveitar o momento. Ela foi até Maria de Fátima e a abraçou de forma que abraçasse também Bernardo. *Podia sentir seu cheiro.* Solange sentiu o braço dele envolvê-la. *Será que ele a abraçava com a mesma vontade, com o mesmo carinho?*

Solange percebeu Bernardo se afastar um pouco e esperou que ele olhasse para ela, mas o que viu foi Bernardo beijando a testa de Maria de Fátima. Um beijo carinhoso, com sentimento. *Seria amor?*

O choro de Solange ficou mais intenso. *Quase verdadeiro.* Não podia perder tudo que construiu. Olhou para a plateia. *Todos estavam chorando.* Aquilo era impossível.

Solange fechou os olhos e se soltou. *Era a única coisa que podia acabar com aquela palhaçada e trazer a atenção outra vez para ela.* Desmaiou no meio do palco.

***

Manuela esperou Solange sair. O lado bom de a mãe ter deixado de ser apenas dona de casa era ter o lugar só para ela a maior parte do tempo. Atravessou o corredor, até o quarto de Marcela, que permanecia como era antes da fuga, como um monumento à rebeldia, um museu da história natural do conflito de gerações. Na cômoda, uma foto da irmã era a única obra em exibição. Manuela abriu o armário e analisou os vestidos. Lisos e estampados, curtos e longos, como se fosse difícil escolher um estilo. Mas o estilo de Marcela era usar vestido, de todas as cores e modelos. Nenhuma calça à vista. Nem mesmo uma bermuda.

Manuela passou os vestidos como páginas de um livro: "O guia completo da moda provocante", de Marcela Gusmão. Enquanto folheava as opções, Manuela decidia a cor mais apropriada para a ocasião. Qual Marcela escolheria? Abriu outro armário e pegou a bota roxa. A marca registrada da irmã.

"Combina comigo e com tudo que eu gosto", dizia Marcela.

O pai tinha outra opinião: "Não é coisa de menina."

Marcela nem ouvia mais.

A bota roxa ficou para trás e era a prova de que Marcela queria mesmo começar vida nova. Para isso que se foge, não é?

Manuela deixou a bota perto da cama, voltou aos vestidos até chegar no ideal: amarelo, com pequenas bolinhas pretas. Tirou seu pijama e se olhou no espelho, só de calcinha. Virou-se, analisando sua bunda. As calcinhas de Marcela eram muito menores, mas nem se daria ao trabalho. Tirou a calcinha e se admirou mais uma vez. Nua, ela era Marcela. Uma coisa era cobrir o corpo com vestido curto e decotado, outra era usar calças largas e casacos pesados, mas assim, sem nada, eram iguais. Agora que ela tinha quase a mesma idade da irmã quando fugiu, estavam idênticas. Manuela aproximou seu rosto do espelho, soltou o cabelo e maquiou-se com os produtos da irmã. Quando terminou, Manuela segurou o porta-retratos ao lado do espelho e conferiu. Perfeita. Era Marcela. Passou perfume, espalhando o cheiro da irmã pelo quarto. Colocou o vestido, puxando para baixo, para que o decote revelasse as curvas dos seios. Calçou as botas e se olhou no espelho mais uma vez. Aquela visão a deixava excitada. Não só por estar vestida daquela forma, mas por fazer todo o resto. Era bom ocupar esse lugar, sentindo o que Marcela sentia.

A campainha tocou e Manuela se assustou. Desceu correndo, liberou o portão e ficou aguardando na porta. Quando o rapaz a viu, ficou surpreso. Desviou o olhar algumas vezes, como se olhasse algo proibido, e gaguejou, tentando dizer o quanto achava impressionante.

"É mesmo você?", perguntou ele.

"Depende de quem você veio ver."

"Eu não tinha certeza. Não sabia se era só uma brincadeira dos outros."

Manuela puxou ele para dentro.

"De onde a gente se conhece?", perguntou ela.

"Eu conheci Marcela. Sua irmã."

"Não. Não. Não", disse Manuela, balançando a cabeça. "Fale comigo. Eu, Marcela, te perguntei, de onde a gente se conhece."

O pomo de adão do rapaz subiu e desceu duas vezes.

"Fizemos uma matéria juntos", disse ele. "Eu não era da turma. Só fazia aquela aula."

"Você ficava me olhando?"

Ele concordou com a cabeça.

"Sentia vontade de ficar comigo? De ter o que os outros tinham?"

O rapaz começou a entender o jogo e se soltou um pouco mais.

"Eu sentia bem mais que os outros. Eu me apaixonei por você. Queria muito ter a chance de ficar assim." Ele colocou as mãos na cintura dela.

Manuela o afastou.

"Falta um pequeno detalhe." Ela estendeu a palma da mão na altura do rosto do rapaz.

Ele pegou cédulas já separadas no bolso e colocou na mão dela. Manuela conferiu e enfiou na bota. Se Marcela tinha juntado dinheiro para fugir, ela podia fazer o mesmo, para não sair do personagem.

Manuela guiou o rapaz até o quarto de Marcela. Sentado na cama, ele ficou olhando em volta, admirando, como se tivesse entrado em um templo proibido. Manuela deixou o vestido cair e ficou apenas com as botas roxas. Gostava de transar assim. Não sabia se Marcela fazia dessa forma, mas achava que dava um toque especial.

Ajoelhada por cima do rapaz, Manuela sentiu as mãos dele agarrarem sua bunda.

"Você é muito gostosa", disse ele, ao mesmo tempo que dava beijos e lambia os seios dela.

"Eu sei", disse Manuela. "Mas repita sempre o meu nome. Quem é gostosa?"

"Marcela", disse ele. "Você é muito gostosa, Marcela. Você é muito melhor do que eu imaginava."

***

Afonso chegou apressado para não perder aquele momento. Algo simples, mas com significado especial. A transferência da UTI para quarto comum indicava que a filha estava se recuperando.

Marcela despertara do coma três dias antes e foi mantida na UTI para monitorarem a sua evolução. Quando Afonso a encontrou acordada pela primeira vez, a filha chorou bastante e respondeu as poucas perguntas que ele fez. Disse que estava feliz e ansiosa para rever sua mãe e sua irmã. Mesmo sem ter certeza, Afonso disse que as duas também estavam ansiosas e iriam visitá-la, o que de fato aconteceu, mas apenas no segundo dia. Solange não falou muito, limitando-se a perguntar se Marcela estava se sentindo bem em estar de volta. "Eu ainda não estou de volta", foi a única coisa que Marcela respondeu, mas pareceu deixar Solange satisfeita. Manuela chorou a maior parte do tempo, junto com a irmã, o que impediu qualquer tipo de conversa entre as duas, mas Afonso ficou feliz em ver o reencontro das três.

No terceiro dia, Afonso foi mais uma vez sozinho e soube da transferência. Também foi avisado de que Marcela precisaria de óculos escuros, por causa da sensibilidade à luz. Perdeu a noção do tempo em um shopping próximo, escolhendo óculos que combinassem com a filha, e quando se deu conta, voltou correndo, para estar junto dela na mudança de quarto.

No caminho pelos corredores, em cadeira de rodas, Marcela ficou em silêncio. Afonso sorria e de tempos em tempos colocava a mão no ombro da filha e dizia coisas como: "Que bom que você está de volta", "Nada mudou, você vai ver", "A família está completa de novo."

No final da tarde, Solange e Manuela atenderam seu pedido para visitarem a filha e chegaram praticamente juntas. Manuela ainda parecia duvidar de que Marcela não tinha fugido e Solange, sempre tensa, ainda não conseguia acreditar que a filha tinha voltado.

Marcela chorou por um tempo quando Manuela se aproximou e tentou ajeitar o seu cabelo.

"Você está muito bonita", disse Marcela. "Seu cabelo ficou bom assim."

"Quando você sair, vamos ao salão", disse Manuela, sorrindo junto com o choro.

Marcela pareceu sorrir, mas os curativos de uma cirurgia no rosto e os óculos escuros não deixavam saber ao certo.

"Logo você vai poder voltar a fazer tudo como antes", disse Afonso.

"Eu já posso receber visitas?", perguntou Marcela.

"Claro", disse Afonso.

"Queria ver Rebeca."

Manuela olhou para Afonso.

"É uma amiga. Do grupo de teatro", completou Marcela.

Afonso tentou pensar em alguma maneira de mudar de assunto, como fizera várias vezes nos últimos dias.

"Será que ela já sabe que eu voltei?"

Afonso deu um passo em direção à cama, mas nem ele nem Manuela falaram nada. Marcela olhou para os dois.

Manuela tomou a iniciativa.

"Aconteceu uma coisa com a Rebeca", disse ela.

Marcela encarou a irmã, mas Manuela virou-se para Afonso.

"Eu não sei qual é a melhor forma de contar essas coisas", disse Manuela.

"Apenas conte", disse Afonso.

Manuela olhou para a irmã, mas depois baixou os olhos.

"Rebeca se matou algum tempo depois de você ser levada."

Marcela começou a chorar.

Afonso tentou abraçá-la, mas ela o afastou e se encolheu.

No meio do choro, Marcela dizia coisas que Afonso demorou a decifrar. Palavras que não faziam sentido, mas ele não questionou, para ela não se estressar mais.

"Por que eu voltei, se Rebeca não está mais viva?"

"Para continuar sua vida com a gente", disse Afonso, já alcançando o botão para chamar uma enfermeira.

"Eu queria era morrer também", disse ela. "Se pudesse, teria me matado, mas nem isso eu pude fazer."

***

"Oi. Meu nome é Rebeca, sou amiga de Marcela."

Solange ouviu e entendeu, mas a imagem na tela do interfone não combinava com a informação. *Marcela teria uma amiga dessas?* Nos últimos tempos, a filha andava menos alegre e menos expansiva, mas continuava se arrumando e se cuidando. Aquela moça não parecia frequentar uma faculdade particular. *Marcela, andando com esse tipo de gente?* Parecia uma dessas pessoas que vivem na rua, que pedem coisas ou batem na porta das casas. Mas essa moça sabia que Marcela morava ali.

"Um momento", respondeu Solange. *Deveria abrir?* Preferiu sair e ir até a frente da casa. Manteria a grade entre elas, por segurança.

Ao vivo a moça parecia ainda pior. *O cheiro era estranho.* Era óbvio que não estava bem e provavelmente tinha passado a noite acordada, saído de uma festa ou de um trabalho noturno. *Um animal de rua.* Parecia cansada, abatida ou talvez sob efeito de alguma coisa. Solange poderia apostar que ela estava drogada. *Não saberia dizer.* Apenas bêbada, talvez. O olhar era estranho e os movimentos que fazia com a cabeça deixavam Solange nervosa.

"Marcela não está. Dormiu na casa de uma amiga. Vem mais tarde." Solange não sabia se era verdade, apenas assumiu que sim. A filha tinha feito isso nos últimos tempos e Solange perdeu o controle de quais dias Marcela passava em casa, quais dias ensaiava na casa das amigas e quando estaria em qualquer outro lugar.

"Eu queria falar com ela."

"Rebeca, não é?" Solange lembrou do nome que a menina disse no interfone.

"Isso." A moça tentou sorrir, mas continuava triste.

"Marcela fala muito de você." *Não sabia por que tinha dito isso.* Parecia a melhor forma de se livrar da conversa. *Fingir que entendia o problema.* A moça estava querendo ser ouvida, mas não estava querendo ouvir. "Mas não está em casa agora. Deve estar com uma amiga", disse Solange.

A moça olhou para os lados e Solange ficou na dúvida se ela tinha entendido ou estava aguardando Marcela aparecer.

"Combinamos de nos encontrar, para irmos juntas, mas ela não apareceu."

"Ela deve ter esquecido. Sabe como é a Marcela." *Também não sabia por que disse isso.* A amiga poderia entender da forma que quisesse.

A moça encarou Solange, ainda mais apreensiva. Talvez os olhos estivessem se enchendo de lágrimas ou com alguma irritação.

"Eu precisava dela. Ela sabia disso e não apareceu."

A moça continuava dando a mesma resposta de formas diferentes. *Efeito do que tinha tomado. Só pode.* O que Marcela tinha de afinidade com uma criatura dessa? Não se anda com gente desse tipo.

"Eu vou dar o recado e pedir para ela te procurar. Vocês são da mesma turma?"

A moça não ouviu. Balançava a cabeça. Os olhos ainda mais brilhantes e vermelhos.

"Acho que vou sozinha."

"Eu sinto muito", disse Solange, "mas aviso Marcela assim que ela voltar. Ela deve ter esquecido mesmo."

A moça se afastou, hesitante, cambaleante. *Só precisava de um pouco de sono.* Acordaria com uma ressaca e talvez nem lembrasse de nada disso. Solange também não teria motivo para lembrar, mas fez uma anotação mental para ter uma conversa com Marcela sobre amigas, festas, drogas. *Tem que se cuidar.* Falaria quando Marcela voltasse.

***

Os territórios estavam reestabelecidos de forma diferente: Manuela em casa, Marcela no hospital. Uma fronteira maior, mesmo não fazendo mais sentido demarcar diferenças. Eram outras pessoas, que não conheciam mais as regras do jogo. Em seu quarto, Manuela sentia uma pressão que sufocava, como uma daquelas máquinas que compactam lixo. Marcela, no quarto do hospital, deveria estar se sentindo mais leve.

Manuela queria focar em outra coisa, mas não conseguia. Marcela estava em todos os seus pensamentos, em todas as suas dúvidas, em todos os seus argumentos. Manuela saiu de casa, na tentativa de esquecer, e quando se deu conta estava no caminho do hospital. Seguiu em frente. Ver Marcela talvez ajudasse a colocar as coisas no lugar.

A porta do quarto estava entreaberta e Manuela ficou olhando Marcela, imaginando-se ali, no lugar da irmã. Teria sido forte assim? Teria sobrevivido?

"Pode entrar", disse Marcela, quando notou sua presença.

Manuela entrou. Marcela se ajeitou na cama.

"Como você está?", perguntou Marcela.

Manuela tentou sorrir.

"Eu é que deveria fazer essa pergunta. Eu fiquei aqui esse tempo todo. Estou do mesmo jeito." Não iria admitir a verdade.

"Eu pensava sempre em vocês assim, vivendo normalmente."

Manuela, que sempre imaginou a fuga de Marcela, sentiu-se mal.

"Acho que eu só pensaria em tentar escapar, de alguma forma", disse Manuela.

Marcela começou a fazer dobras no lençol. Fazia e desfazia.

"Eu pensava em me matar, mas não tinha como. Eu ficava trancada no escuro. Quando ele me tirava, dava uma injeção, eu apagava. Depois acordava de novo no escuro, machucada, mas sem nada que eu pudesse usar para me machucar de verdade."

"Quem era ele?"

"Não sei. Estava sempre de máscara."

Manuela controlou a vontade de chorar observando as dobras que a irmã fazia.

"Depois de um tempo, isso não faz diferença", disse Marcela. "Vira rotina. Deixa mais fácil."

"Não precisamos falar sobre essas coisas." Manuela queria entender o que sua irmã passou, mas não queria fazê-la sofrer mais. "Só acho injusto minha vida ter continuado e a sua ter sido interrompida dessa forma."

"Não tem muito mais do que já contei. Eu ficava presa o tempo todo, sem ver nada. Às vezes ele ficava dias sem abrir, sem aparecer. Em alguns momentos, cheguei a pensar que tinha sido abandonada ou esquecida, mas ele retornava e nessas vezes eu até agradecia por ele ter voltado."

Manuela não entendia como era possível.

"Ele não te machucava sempre?"

"Algumas vezes era mais violento, como se eu tivesse feito algo errado. Parecia querer descontar em mim." Marcela desviou o olhar. "Não eram todas as vezes que ele me estuprava. Algumas vezes parecia cuidadoso. Sei que é loucura dizer isso, só que depois de um tempo você esquece como é um ser humano."

Marcela começou a chorar e Manuela chorou junto.

"Melhor parar de falar de mim." Marcela abandonou as dobras, alisou o lençol e limpou as lágrimas. "Você decidiu mesmo fazer engenharia, como o papai? Como está o curso?"

Manuela se recompôs um pouco.

"Está bom, mas perdi a empolgação. Não sei direito o porquê."

Ela sabia, só não queria admitir. De qualquer forma, logo Marcela saberia que ela ficou amiga de seus amigos, fez as coisas que a irmã fazia.

"Você vai se dar bem. Queríamos ser atrizes, mas você sempre foi mais inteligente."

Manuela tentou sorrir. Seria melhor que Marcela soubesse aos poucos, mas não tinha como.

"Eu retomei um pouco o sonho do teatro."

Marcela sorriu. Manuela continuou.

"Talvez eu entre para o grupo de teatro que você fazia parte. O Alexandre disse que eu tenho jeito, mesmo não tendo experiência. Me chamou para fazer um teste."

A expressão de Marcela mudou. Não deve ter gostado de saber que ela estava ocupando seu lugar.

"Você não fez esse teste, fez?", perguntou Marcela.

Manuela não sabia o que responder. Tinha aceitado o convite, depois desistido, e estava pensando em voltar, se Marcela não visse problemas, mas agora percebia que talvez a irmã não quisesse perder seu lugar.

Marcela ficou mais agitada.

"Você não pode fazer isso. Você tem que prometer que não vai. Você não pode fazer isso."

Marcela começou a se irritar, como antigamente. Por que Marcela sempre tem que pensar só nela? Manuela se afastou um pouco da cama. Queria evitar discutir com a irmã.

"Calma, Marcela. É só um teste. Nem sei se eu passaria."

"Mas foi isso que matou Rebeca."

"Rebeca se matou, Marcela."

Marcela balançou a cabeça.

"Eu quero falar com o papai. Quero falar com o cara da polícia. Preciso contar o que aconteceu com Rebeca. O que aconteceu comigo."

Manuela saiu do quarto, chamou uma enfermeira e ligou para o pai.

***

A família estava toda no restaurante, mas a cabeça de Afonso ainda estava na empresa, no último código, na escolha das funções, na definição das variáveis. As meninas escolheram seus pratos favoritos e Solange deixou para ele decidir. Afonso pediu o de sempre, para não perder tempo. Chamou o garçom, fez os pedidos e foi apontando para cada uma delas, forçando um recital de bebidas, sem muita paciência.

Marcela estava animada. Ela era o motivo de estarem ali. Uma comemoração solicitada por Solange, para reconhecerem o talento da filha.

"Um brinde à futura estrela", disse Solange com seu copo na mão.

Afonso levantou o seu e aguardou Manuela, que também não estava no clima.

"Que tudo dê certo", disse Afonso.

Os quatro brindaram.

Depois de um tempo, Afonso quis mostrar interesse, já que estava ficando sem muita alternativa.

"Esses testes são muito concorridos? Tipo um vestibular?", perguntou ele.

"Foi bastante concorrido", disse Marcela. "Mas não é uma prova. É atuando, no palco, fazendo uma cena que o diretor escolheu."

"É só ele quem decide? Ele é quem escolhe a melhor?"

Afonso nunca ficou sabendo desses detalhes, mesmo a filha já tendo participado de grupos amadores.

"O diretor faz uma espécie de um ensaio com todos, dizendo o que quer, o que espera, para saber se as pessoas conseguem chegar no que ele propôs. Depois decide, baseado nisso."

"Como é mesmo o nome dele? Do diretor?"

"Alexandre Kisner."

"Famoso?"

"Muito. Ele que revelou a Tetê Melinda, que faz a empregada naquela série nova, sabe? Ela está superfamosa agora."

"Depois me mostra. Eu não tenho visto muito TV ultimamente."

"Não tem como ver TV se você vive na empresa", disse Solange.

As meninas olharam para a mãe. Solange deu um sorriso, para parecer uma brincadeira, mas Afonso entendia bem esses recados disfarçados.

"Vou te mandar uma foto, pai, você vai lembrar quem é."

"Manda. Quero ver com quem você vai trabalhar."

"Não, pai. Ela já saiu do grupo. O Alexandre, esse diretor, é famoso por revelar novos atores e ele também indica atores para outras produções, novelas, filmes. As pessoas consultam ele."

"Isso é muito bom."

"Sim."

"Mas vai ter que se dedicar ainda mais", disse Solange. "Não pode esquecer da faculdade."

"Claro, mãe. Até mesmo porque ele é professor lá da faculdade. Sabe que as duas coisas são importantes e tem tudo bem dividido", disse Marcela. "Os ensaios do grupo são três vezes na semana, à tarde, e as aulas à noite. Não vai ter problema, porque é tudo o que eu mais sonhei."

"Muito bom. Tem que levar a sério mesmo", disse Afonso, chamando o garçom para saber se os pratos iriam demorar.

***

Solange, sentada na poltrona, estava com a cabeça em um ângulo que não conseguia ver nada de interessante e nem Samuel. Olhando em linha reta, só via um canto isolado do ateliê, com sobras de tinta, potes de comida, peças de roupa rasgadas e imundas, telas quebradas, pedaços de corda, como se estivesse vendo a sujeira que o anfitrião varreu para debaixo do tapete antes da visita chegar. Ela forçava o globo ocular lateralmente para observar Samuel trabalhando, mas não enxergava quase nada. *Não podia reclamar. Foi escolha dela.* Ficava melhor de perfil. *Tudo tem seus melhores ângulos.* Samuel não concordou nem discordou com a posição, apenas pediu para que ela se sentasse de forma confortável e foi isso que ela fez. Na sua visão periférica, Solange via parte da grande tela e percebia apenas uma pequena movimentação. Usava seu melhor vestido, mas imaginava-se nua. *A ideia a excitava.* Adoraria observar a cara de Bernardo ao ver o corpo dela bem delineado em uma grande tela. *Beleza exclusiva.* Uma pintura permite representar as coisas de uma forma mais interessante. *Ser ela, só que ainda melhor.* Óbvio que seria ousado demais. *Cedo demais.* Ainda não justificava um nu artístico. *No futuro, quem sabe, até os dois juntos.* O objetivo no momento era outro.

Tudo começou quando Solange viu o vaso horroroso e disforme em cima da mesa de Bernardo. *Extremo mau gosto.* Pior de tudo foi ver a cara de felicidade dele ao contar que o item bizarro tinha sido presente de Maria de Fátima. Uma coisa torta, pintada de forma grotesca, como trabalho de criança no jardim de infância, mas que para Bernardo parecia ter um significado mágico, por ter sido feito pela Santa do Sofrimento sem Graça. *Fruto de alguma terapia ocupacional ridícula.* Bernardo chegou a abrir um espaço em sua mesa, todo orgulhoso, como se tivesse recebido um prêmio ou descoberto um fóssil raro.

"Ela mesma fez", ele ficava repetindo. "Maria de Fátima é muito criativa e a arte ajudou a superar o trauma. Não é maravilhoso?"

Impossível estabelecer a relação que um pote de cerâmica deformado e mal pintado tinha com arte, mas Solange concordou com um sorriso. Até elogiou. *Precisava fazer isso, pelo menos até encontrar um jeito de fazê-lo esquecer aquela coisa medonha. Ou melhor, as duas coisas medonhas.*

A ideia da pintura surgiu assim. Solange lembrou que as filhas faziam esse trabalho, perguntou ali, fuçou aqui, e chegou em Samuel, que atendeu seu pedido de urgência. Bernardo teria uma obra de arte de verdade. *Agora ele teria algo bonito para admirar todos os dias.*

Solange gostou do local, com clima meio exótico, minimalista, que só tinha visto em filmes e novelas. *Um cenário onde ela era a estrela.* Um galpão reformado para se transformar em ateliê e, talvez, também a casa de Samuel. Como decoração, apenas dois grandes quadros em uma das paredes. A produção dele era pequena, porém excelente. As duas obras, retratando a mesma mulher negra em posições diferentes, eram incríveis.

Quando Solange chegou, Samuel parecia comê-la com os olhos. *O esperado de um homem.* Ela sabia que ainda era uma mulher bonita, desejável e interessante. *Poderosa.* Os homens se sentem incomodados e atraídos. Alguns se acanham, outros arriscam uma tentativa. Samuel era do tipo mais discreto, que não deixa transparecer seus próximos passos. *Meio sexy, meio tímido.* Ele pareceu surpreso por ela ser mãe das duas. Arregalou os olhos e cuidou dela como um vaso raro. Passeou pelo ateliê até colocá-la na poltrona verde, já disposta contra uma parede de tijolos aparentes, no fundo do ateliê.

"Quando você ligou, achei que era uma espécie de brincadeira", disse ele. "Mas você está aqui mesmo. Uma chance única. Pintar a mãe, além das filhas. Uma experiência incrível."

Depois que a deixou sentada e pediu para escolher a posição mais confortável, Samuel passou a preparar tintas e pincéis, não mais se importando com ela, como se ela fosse apenas uma porcelana rara ou um cesto de frutas. *Perdeu o interesse? Ou era o seu momento profissional?* Às vezes falava com ela, sem parar de trabalhar. Um artista conversando com sua natureza-morta. *Artistas são excêntricos.*

"É para o seu chefe, então?", falou Samuel.

Ela tinha adiantado parte da história por telefone. *Sem mencionar, é claro, o pote ridículo e a raiva que sentia da autora.*

"Ele não é bem meu chefe, apesar de ser o dono do lugar onde vou trabalhar. É como se fosse um amigo. Estamos próximos."

Solange não sabia explicar sua relação com Bernardo. *Ainda.* Em breve não teria mais problema. Seria fácil: "Sou sócia e noiva do dono do Instituto do Crescimento Interno." Ou ainda: "Sócia e mulher de Bernardo Mendes." *Melhor.* Talvez um mais completo: "A mulher talentosa que elevou o nível do Instituto, quando se tornou sócia e esposa de Bernardo Mendes." *Isso sim era um currículo.* Várias definições poderiam ser usadas, o importante era ela estar com Bernardo.

"Um amigo que merece um quadro", disse Samuel.

Solange não entendeu se era uma afirmação ou uma pergunta. Parecia haver um tom malicioso no comentário de Samuel. *Provavelmente tinha.* Poderia influenciar na pintura. *Poderia influenciar no pintor e no seu interesse.*

"Preciso ser vista, lembrada e reconhecida. Um quadro meu, na sala dele, vai ter essa função."

Samuel continuou trabalhando na tela, com movimentos agressivos. *Másculo e charmoso.*

"Mais parecida com Manuela do que com Marcela", disse ele.

Ela demorou para entender. *Puxaram a mãe, sem dúvida.* As duas tinham muitos traços dela. *Mas eram bem parecidas.* Como ele poderia ver mais de uma do que da outra? *Na personalidade, talvez.*

"Marcela sempre foi mais impulsiva", disse Solange. "Eu mudei muito nos últimos anos. Posso estar com mais jeito de Marcela. Se bem que Manuela também mudou nesse período."

"Não disse que não. Mas sei que Marcela sempre foi Marcela. Nunca mudou. Nunca fez nada pensando na aprovação dos outros. Não fazia com objetivo de agradar."

Ele tinha razão. Marcela nunca fez questão de se adaptar. *Tinha seus méritos.* Mas olha onde ela estava agora. Todos precisamos conquistar os outros. *Ter aceitação.* Precisamos nos proteger, nos defender, evitar riscos.

"As pessoas precisam se ajustar e se preparar para chegar onde querem. É nisso que eu acredito", disse Solange. "Existem pessoas que chegam e querem receber o mesmo tipo de atenção das outras, esquecendo que há um processo. Nada acontece por acaso."

"Sou obrigado a concordar. Nada acontece por acaso."

"Tem uma pessoa querendo roubar o lugar que batalhei muito para conseguir. Não vou deixar."

"Quer tomar o controle para que ela te respeite."

"Na verdade, quero que ela suma."

Samuel parou de pintar e tirou a cabeça de trás da tela. Solange conseguia perceber ele olhando para ela.

"Radical, não?", disse Samuel.

"Espero que ela deixe de fazer parte da minha vida. Do meu círculo de influência. Existe um grande erro na sociedade. As pessoas acreditam que devemos tolerar as coisas ruins e aprender a lidar. Não é bem assim."

"Agora percebo que foi bom Marcela ter saído de cena", disse ele.

O comentário incomodou Solange. *Ele deve ainda achar que Marcela fugiu.* Manuela manteve o sigilo, como combinaram.

"Não entendi direito. Mas acho que você não sabe muito bem o que está falando", disse Solange.

"Isso está em você."

"Isso o quê?"

"Isso que faz as pessoas saírem do caminho, desaparecerem. Do jeito que você fala, fica claro que quer ao seu lado só as pessoas que você julga como boas. As outras podem sumir. Não foi isso que você falou? Marcela é mais uma que talvez não volte por causa disso."

"Você está enganado." Solange já não estava mais se preocupando em manter sua posição e virou-se para ele. "Se você quer saber, Marcela já voltou. Isso não faz nenhum sentido."

Solange encarou Samuel, que tinha abandonado de vez a pintura e se aproximava dela. Ele parecia alterado.

"Não estou enganado e está mais que evidente. Você transpira isso." Samuel limpava as mãos no pano. "Você pode achar que tem os seus motivos, mas na verdade o único motivo é que você quer ser a estrela principal. Quer estar na parede de uma pessoa, porque não consegue estar na vida dela, de verdade. Eu não consigo pintar alguém assim. Uma pessoa que é má, na essência. Alguém que é irreal, que não é verdadeira. Sinto muito ter tomado o seu tempo, mas temos que cancelar esse trabalho."

"Você não pode fazer isso."

"Posso e estou fazendo. Por favor, saia."

"Você é louco. Você tem problemas. Nem sabe se relacionar com as pessoas que pinta."

"Sou assim mesmo, mas tenho meus princípios. Pinto só pessoas que tem algo dentro delas que consigo revelar. Não vejo nada em você."

Solange saiu batendo a porta com violência.

***

Aquele círculo de cadeiras ficava cada vez mais irritante. Sempre a mesma coisa imbecil com pessoas imbecis, falando coisas imbecis sobre uma pessoa que tomou uma atitude imbecil. Manuela já estava de saco cheio. Em cada reunião, pessoas diferentes, falando absurdos mais ou menos iguais. O mesmo papo sobre a falta de Marcela, que na verdade não fazia tanta falta assim. Esse era o motivo do grupo de apoio ter cada vez menos participantes. Sorte que já estava acabando.

A esquisitice da vez era um cara dizendo que costumava pintar Marcela. Mais uma descoberta esdrúxula de Manuela sobre sua irmã. Além de todas as maluquices que Marcela fazia, ela também trabalhou como modelo-vivo, ou, do jeito que o pintor falava: tinha sido uma musa que apareceu para transformar a vida dele.

Pelo menos era algo novo de se ouvir.

As pessoas fingiam prestar atenção e a psicóloga era a única que mostrava algum interesse naquele discurso sobre obras de arte, concepção artística e subversão de padrões estéticos.

O pintor disse que Marcela era uma alma incompreendida que, na arte, ganhava novas dimensões, e essa seria a única forma de capturar a essência verdadeira de uma pessoa tão incrível.

Para Manuela, era surpreendente ouvir o cara descrevendo a irmã daquele jeito. O normal era ouvir todo mundo dizendo a mesma chatice, que Marcela era uma pessoa sensível, delicada, criativa e outros absurdos nessa linha. Ela conhecia a verdadeira Marcela. Aquela que só queria ser o centro das atenções. A definição do tal pintor, dizendo que Marcela era algo além de uma adolescente metida a atriz de sucesso, pelo menos oferecia um outro ângulo. Talvez tenha sido esse papo que fez Marcela se achar melhor que todo mundo.

Manuela esperou a reunião acabar para falar com o pintor sozinha. Seria interessante também experimentar essa coisa de elevar a autoestima, ser vista por alguém com essa outra sensibilidade. No mínimo seria excitante.

***

Sem conseguir sair da cama, Afonso deixava seus pensamentos andarem livres, criando as dúvidas de sempre.

Será que existe um limite de culpa que uma pessoa pode suportar durante a vida? Talvez não. Talvez fosse infinito. Ou a vida, curta.

Uma questão como essa fazia Afonso perder horas ou dias. Não buscando uma resposta, que geralmente era óbvia, mas elaborando um sistema complexo, um conjunto de suposições, cálculos e variáveis, que se ampliava, se complicava, se ramificava e nada resolvia.

Assim como as dúvidas, sua culpa continuava crescendo e se espalhando. O apartamento estava um pouco mais mobiliado, com uma pequena mesa, duas cadeiras e um guarda-roupa, mas todo o resto ainda era ocupado por ela.

As pessoas também deixaram lacunas, como móveis afastados para criar espaço para uma festa. Afonso foi colocando tudo nos cantos, para não atrapalhar o remorso crescente que dançava à vontade no centro. Já não lembrava o motivo de ter abandonado a empresa, se foi decisão sua ou sugestão de Drico. Não sabia se o casamento poderia ter continuado. Preferia pensar que fizera tudo de propósito, criando mais espaço para destacar os seus erros. Essa aceitação não deixava o ódio tomar o controle. A culpa tem uma lógica conhecida e funcional, o ódio é uma função errada, que gera anomalias.

Outros sentimentos poderiam ter alterado as coisas. Um pouco de histeria teria feito ele desistir na metade do caminho, mas significaria esquecer da filha. Uma dose certa de raiva daria coragem para matar o rapaz do Elefante Azul e resolveria tudo. Coragem também serviria para confrontar Drico, esquecer esse negócio de detetive particular, contar tudo para a polícia, o que aconteceu antes, com Jaqueline. Talvez tudo tenha sido uma consequência dessa besteira que ele fez. Carma em cascata.

De qualquer forma, a polícia não queria mais saber do caso. Fausto tinha coisas mais graves e importantes para resolver. Marcela era uma pequena gota no mar de maldade que transbordava pelo mundo. O investigador não perderia tempo, ainda mais achando que ela tinha apenas fugido de casa. Mas perder tempo é o que todo mundo faz desde que nasce, não é? Perdemos tempo querendo que as coisas façam sentido, tentando descobrir como se conectam. A vida é um grande quebra-cabeça de milhões de peças que recebemos quando nascemos e não temos a mínima ideia do que ele vai formar, porque nos é entregue sem a caixa, sem a imagem da tampa. O problema é quando, na metade do processo, alguém chega no seu ouvido e diz que tirou uma das peças e escondeu de você. Como continuar montando, sabendo que vai faltar uma peça no final? Como podemos ficar felizes vendo o buraco que ficou? E quando falam para não pensar mais nessa peça e valorizar todo o resto, não é ainda pior?

O telefone tocou. Era Fausto.

"Alguma novidade?", perguntou Afonso, sem se mexer na cama.

"Nenhuma", disse Fausto. "Só queria lembrar que o caso foi mesmo arquivado."

"Eu entendi isso."

"Gostaria de pedir que você parasse de ligar para a delegacia dizendo que tem novas pistas."

"São coisas que eu mesmo fui lembrando." Afonso nunca mencionou o trabalho do detetive, do contrário já teriam desistido antes.

"São coisas óbvias, que já sabemos e já descartamos."

Afonso ficou em silêncio. Depois iria cobrar novidades do detetive.

"Não existiu nenhuma evidência, Afonso. Existem, sim, álibis para os suspeitos. Por mais estranhos que esses suspeitos pareçam. Agora temos que esperar ela dar algum sinal de onde quer que ela esteja."

"Ela não fugiu, Fausto."

Um silêncio, de ambos os lados.

"Se uma novidade aparecer, entraremos em contato", disse Fausto, encerrando a ligação.

Afonso não sabia como poderia ficar bem com sua vida sendo preenchida por outra coisa que não Marcela. Pegou um comprimido, colocou na boca e engoliu com um gole da bebida que estava ao lado do colchão. Em alguns minutos não lembraria mais se aquela ligação existiu de verdade, mas continuaria pensando na filha, para não esquecê-la.

***

Aos poucos Solange começava a entender como as coisas funcionavam. A operação das câmeras, suas posições e o que falar na frente delas. *O que falar e quando falar*. As palavras têm poderes especiais. *Comandam*. Tudo é uma questão de como contar os fatos, de como pedir, de como se expor.

Os comentários e os e-mails que recebeu depois dos primeiros vídeos serviram de parâmetro para saber o que fazer, o que as pessoas queriam e o que precisavam receber. *No que estavam dispostas a acreditar.* Todo mundo tem sua verdade e, quando entramos em sintonia com ela, temos as pessoas nas mãos. *Mesmo sem acreditarem.*

Nada disso Solange aprendeu na sua vida acadêmica. Foram os vídeos e a reação das pessoas que deram o sentido. *As pessoas querem acreditar em algo que faça a vida delas melhor.* Que dê um propósito. Pode ser um emprego, uma carreira, uma faculdade. *Um amor.* Pode ser amor perdido, amor platônico, amor impossível. *Quanto mais difícil, melhor.* Sabe aquela história de que o importante é o caminho, não o destino? *Sim. Essa baboseira.* As pessoas preferem desejar do que realizar. Gostam de ficar sonhando com algo, sem nem saber o que fazer com esse algo. O mesmo princípio da loteria: antes do resultado, todos são vencedores. As pessoas fazem suas apostas dias antes, para passarem o máximo de tempo planejando o que fazer com o prêmio. Imaginam-se comprando carros, ajudando familiares, abandonando o trabalho. *Vida fácil é o sonho de todos.* Demoram para conferir o resultado, porque o melhor é ficar imaginando o que fazer com o dinheiro. O resultado só faz o sonho acabar. *Malucos. Não existe outra definição.* E quando descobrem que não foram os vencedores, o que fazem? Jogam mais uma vez.

O importante é acreditar em uma possibilidade e Solange percebeu como era fácil usar isso para exercer controle. *Como ratinhos em labirintos.* William explicou a teoria e também se tornou cobaia, afinal ele também tinha desejos que achava que iria alcançar.

Desde o princípio, William acreditou que tinha uma chance com Solange. Achava que um dia se casariam. *Felizes para sempre. Não é uma graça?* Não foi à toa que ele deu a ideia de gravar vídeos toda semana. *Era a vontade de ficar perto.*

Solange soube aproveitar o fato de ele fazer tudo que ela queria. Tudo para não perder a chance de toda semana ficarem sozinhos no estúdio que montou para produzir os vídeos. *Dava para sentir no ar.* Tudo que ela precisava, ele dava um jeito de conseguir. Solange tinha testado várias vezes e funcionou sempre. *Adestrado.* William nem percebia que seus ensinamentos sobre como controlar a audiência estavam sendo usados contra ele mesmo.

Solange fazia uma expressão triste, falava com cara de choro e voz embargada. Gravava os vídeos assim e usava os mesmos truques com William, para que ele a pegasse em casa, para que a elogiasse e até para que ele parasse de falar. *Às vezes ele conseguia ser bem irritante.*

Era uma dessas caras de choro forçado que Solange estava fazendo naquele momento, porque William não queria concordar com ela.

Tinham acabado de gravar um novo vídeo e William não estava querendo produzir um extra. Por isso, Solange começou a fazer seu olhar triste e vazio, como se estivesse querendo desistir. *Outro ponto muito bem explorado.* William tinha medo de que ela abandonasse tudo. *Ele precisava dela. Seria o fim.* Ela percebeu isso quando, uma vez, brincou que estava pensando em parar. Falou que iria deletar todos os vídeos do canal e parar de ser uma pessoa assim tão aberta. *Óbvio que estava blefando.* Nunca abriria mão da atenção que vinha tendo, mas William levou a sério e ela aproveitou para aumentar o drama, fingindo estar depressiva, desanimada com tudo. *Ele acreditou.* Solange pensou em revelar a brincadeira, mas vendo ele ficar ainda mais disposto a fazer suas vontades, descobriu o jeito certo de lidar com ele. *Sempre solícito.* Quando William mostrava sinais de indisposição, Solange apelava para seu superpoder, insinuando que estava carente, sentindo falta de um homem carinhoso, planejando deixar o marido. *Ainda era jovem e poderia descobrir um amor verdadeiro.* Tudo que William queria ouvir. *Todas essas besteiras que só pessoas que amam conseguem levar a sério.*

"Não precisamos fazer um vídeo desses, Solange", disse William, guardando o microfone de lapela.

"Concordo que não, mas é uma forma de chamar a atenção do Instituto." Ela nunca admitiria que, na verdade, queria chamar a atenção do diretor do Instituto. *O ciúme era inimigo nessa situação.* Ela e William sonhavam fazer parte do Instituto do Crescimento Interior, mas para Solange também era a oportunidade de conhecer Bernardo, um homem inteligente e charmoso. *Tinha que tentar tudo.* William precisava colaborar.

"Eles são grandes. Não vão se sensibilizar só com um vídeo."

"William, você mesmo diz que temos a ferramenta mais barata. Basta gravarmos um vídeo e ver o resultado. Não é isso? Se não der em nada, não perdemos nada. Mas se der alguma coisa, é muita coisa. São só palavras. Lembra? Não é isso que você sempre me ensinou? São só palavras."

"Sim. Não custa nada, mas temos que ter planejamento. Um objetivo de cada vez."

"Eu só acho que vale arriscar um objetivo maior de vez em quando." Solange baixou os olhos, diminuiu o tom de voz. "Mas se você acha que não tenho ainda essa capacidade, tudo bem. Sei que sonho demais, às vezes. Tenho que aprender que não sou especial. Talvez eu tenha que encarar isso tudo como um passatempo. Minha vida de verdade é ser dona de casa e mãe. Talvez seja uma ilusão querer mudar isso. Talvez o mais certo seja eu voltar com o meu ex-marido."

Solange olhou para o chão. *Um. Dois. Três. Quat…*

"Você está certa. Não temos nada a perder. Vamos gravar."

William instalou o microfone novamente e ligou as câmeras. *Muito previsível.*

***

Manuela tirou o pacote de preservativos da bolsa e jogou sobre a cama. Abriu seu armário, pegou os objetos que tinha conseguido e começou a prepará-los. Colocava a camisinha em cada um deles e deixava sobre a cama. Tinha escolhido o que parecia mais lógico: um cabo de vassoura, um frasco de shampoo, uma chave de fenda grande, uma garrafa pequena de vinho, uma colher de pau, o pé de uma cadeira que tinha encontrado no lixo.

Tirou toda roupa e deitou-se na cama.

Decidiu que não começaria pelo mais fino. Faria de forma aleatória, como se fosse real.

Tateou o colchão, alcançou o cabo de vassoura e, antes mesmo de começar a introduzi-lo, sentiu lágrimas escorrerem, sem se dar conta de que estava chorando. A dor não faria muita diferença. Era só uma questão de se acostumar.

***

Afonso estava mais uma vez na sala da delegacia. Andava de parede a parede, como se tivessem injetado partículas elétricas em suas veias, fazendo suas pernas se moverem e seu cérebro produzir novas perguntas a cada passo. Quem associaria um crime a uma figura tão conceituada? O que acontece quando descobrem que a pessoa que mais se respeitou era um criminoso? Como não tinham considerado o diretor um suspeito?

Era uma situação bem mais complexa do que imaginaram. O sequestro de Marcela era apenas uma parte do caso, que envolvia quase todos os membros do grupo de teatro, como vítimas ou cúmplices.

Fausto chegou com a pasta de documentos e relatórios, acrescida do relato de Marcela. Os dois se sentaram e Fausto atualizou Afonso sobre o caso.

Segundo o investigador, Alexandre Kisner usava sua autoridade para abusar sexualmente das integrantes do grupo e essas agressões levaram ao suicídio de Rebeca. Ela era uma garota bonita e com muito talento, que veio do interior, de uma família religiosa, com o sonho de ser atriz, como quase todos que passavam pelo grupo. Segundo Marcela, Rebeca era a melhor de todas, mesmo sem apoio. Rebeca morava sozinha, sem ajuda da família, e estava determinada a conseguir o que queria. No começo, achou que tudo fazia parte dos ensaios, que todas passavam por isso, que era natural. Com o tempo, os abusos se intensificaram, mas Rebeca estava disposta a qualquer coisa para permanecer no grupo e, por causa disso, começou a usar drogas. Anestesiar, foi a palavra que Marcela usou. O diretor prometia que Rebeca logo seria escalada para uma grande produção e ela acreditava, imaginando que logo se livraria do controle dele. Nessa fase Marcela entrou no grupo, ficou sua amiga e soube de tudo que Rebeca estava passando, além de também começar a sofrer assédio e pequenas tentativas de abuso. Tudo começava de forma sutil. O diretor levava para ensaios especiais em casa, fazendo "cenas mais fortes", para poder "perder a vergonha e se soltar". Ele fazia de uma forma que deixava sempre na dúvida se aquilo era normal. Com a amizade de Marcela, Rebeca encontrou um apoio que nunca teve antes, mesmo com tudo ficando cada vez pior, inclusive em relação às drogas. Rebeca estava cada vez perdendo mais o controle e Marcela tinha medo daquilo se tornar um problema maior. Por isso, planejou a fuga. Algo simples e provisório. Iriam para o Rio de Janeiro, tentar papéis menores na TV. Começaram a juntar dinheiro, mas as coisas pioravam a cada dia e Marcela percebeu que não poderiam perder tempo. Foi quando ela viu a oportunidade de usar Jorge. Marcela conseguiu se envolver com ele em uma noite de festa e roubou uma parte das drogas que ele tinha em casa. Rebeca iria repassar e pegar o dinheiro, enquanto Marcela arrumava os últimos detalhes. O plano foi interrompido com o sequestro de Marcela e fez Rebeca achar que foi abandonada pela amiga. Provavelmente acabou usando a droga em vez de vender e, mais tarde, chegou no seu limite.

De tudo que ouviu de Fausto, o que mais deixou Afonso indignado foi o modo de agir do diretor, usando a confiança e o respeito que tinha.

"Que doentio", disse Afonso. "É evidente que esse diretor não iria correr o risco de ser denunciado. Precisava preservar sua reputação, seu cargo."

Fausto fechou a pasta e olhou para Afonso.

"Ele é um criminoso com certeza, mas não foi ele, Afonso."

"Como assim, não foi ele? Ele abusava dessas meninas, Fausto."

"Quanto a isso, não há dúvidas. Conseguimos um mandado, falamos com os membros do grupo. Alguns não sabiam de nada ou dizem não saber. Outros aceitaram falar de forma anônima. Os abusos estão todos comprovados. Encontramos vídeos que ele produziu sem conhecimento dos alunos. Estamos ainda rastreando, mas tudo indica que ele participava de alguma rede de distribuição. A questão é que Alexandre Kisner não tem relação com o desaparecimento de Marcela. Ele nem estava na cidade no dia. Estava em uma gravação em São Paulo. Além disso, na casa dele não há indícios de um cativeiro como Marcela descreveu."

"Não é possível, Fausto. Ele é um monstro, um louco. Talvez ele tenha tido ajuda."

"Eu entendo sua indignação, Afonso, mas o fato de ser um abusador não faz dele um sequestrador. Existe outra pessoa responsável."

"Voltamos à estaca zero", disse Afonso, baixando a cabeça.

"Sabemos bem mais sobre o caso, mas não nos aproximamos ainda da solução. Eu lamento. O que temos que encarar como uma vitória é o fato de Marcela estar de volta, com vida."

Sim. O quebra-cabeça já poderia ser montado, mas Afonso estava ainda mais revoltado. Até que ponto aceitam essa violência como algo normal, parte de um procedimento? Uma autoridade que dá direito a abusar dessa autoridade, uma camada que esconde o que está por baixo. Um diretor de teatro, professor de universidade, de quem ninguém suspeitava.

"Vamos continuar no caso, mas por enquanto nada de novo surgiu", finalizou Fausto.

***

Qual o poder que uma pessoa tem sobre as outras? A pergunta navegava sobre a cabeça de Solange enquanto ela também flutuava pela casa. *Os pés estão tocando o chão?* Cabeças dançavam no portão em uma sincronia entre as grades, buscando os vãos, como uma apresentação de fim de ano na escolinha das meninas. *Já não eram mais meninas, nem existiam mais no plural.* Solange conseguia lembrar de detalhes facilmente, mas esquecia do geral sem dificuldade. *Era bom não sentir as coisas ruins.* Cabeça livre para pensamentos, lembranças, para flutuar e ver a grama azul. *Como a grama muda de cor?* O efeito do sol pela manhã. O efeito que as coisas têm sob outra perspectiva. *Cores mudam, verdades mudam, pessoas mudam, dependendo de como se vê e de como se pensa sobre elas.* Pensar era uma das poucas coisas que restavam.

Um policial pegou um copo d'água na pia e Solange se deu conta do tempo que tinha ficado olhando o portão e a grama. *Melhor seguir flutuando.* Afonso na sala, com o investigador. Qual o nome mesmo? *Nome de um livro. De um autor alemão. Mas não tem jeito de alemão. Nem o nome, nem ele. O investigador.* Um nome com a letra efe. Freud era austríaco, isso Solange lembrava. *Não era esse nome.* Freud escreveu sobre as mães. *São culpadas. Por tudo que acontece. Porque as mães são as únicas que não podem fugir da responsabilidade.* Mesmo aquela que abandona ou mata o seu bebê, torna-se uma mãe sem o seu bebê, mas segue sendo mãe. Foi mãe, assassina, negligente, impostora, criminosa, mas foi mãe. *Pai não tem obrigação. Tem que trabalhar, tem desculpa, tem motivo, para tudo.* Afonso era o homem que mantinha essa história toda. *O homem que mantinha o portão, a grama azul, o teto branco, o quarto dela, que também é dele, mas só quando ele quer. Ele sempre quis ser o dono. Dela, delas, de tudo.*

A pergunta flutuante persistia e Solange tentava se concentrar nela. Outras respostas surgiam. *Poder sobre ela. Poder com jeito. Com carinho? Não sabe o significado.* Essa palavra não existe. Não na boca de Afonso, porque ele é homem. *Sinônimos são mais importantes que a palavra original, pois dão outra forma e outro sentido, tendo o álibi do significado correto.*

"Esse comprimido branco faz milagre." Ela repetia o que ele dizia. *Que tipo de milagre? Se um já faz milagre, três fazem ressuscitar. Fazem flutuar. Andar sobre águas, como grama azul.* Quando Solange toma três comprimidos, toma um de cada vez, para engolir mais fácil. Quer sentir logo. *Deixar de sentir. Deixar de ser a mãe sem filha, mas que tem duas.* Por isso não é bom ter filho único. Não tem sobressalente. *Quando uma faltar, ou quebrar, tem a outra. Também estava quebrada, mas não tinha como trocar, por isso Afonso tentava consertá-la. Três comprimidos para ficar bem.* Se Marcela não voltar, Manuela vai ter que começar a ser consertada também. *Sem opção de troca.*

A escada a levava para o piso superior, que agora tem um quarto sobrando, igual ao outro. *Sobressalente. Pode hospedar uma nova pessoa. Uma nova filha.* Mãe sem filha continua sendo mãe. *Se nasce para ser mãe de duas, tem como ser mãe de uma? Se toma um comprimido, pode tomar dois, pode tomar três. O milagre depende da morte, para ressuscitar precisa deixar de viver.* Já planejou isso uma vez. *Quem toma três, toma trinta.* Já pensou de outra forma. *Abriu o cofre e encontrou a arma.* Era de Afonso. *Como os comprimidos. A arma. A grama azul. O teto branco.* A morte é outra forma de consertar as coisas. Todas, de uma única vez. *Não teve coragem. Ela queria desaparecer e não desaparece, queria viver e não vive. Ela queria não ser mãe. Mas é. Mas era.* Não sabia mais como ser, com as cabeças bailarinas no portão, com a polícia tomando água na cozinha, com Afonso em casa. Tudo diferente.

Manuela continuava igual. *As duas são lindas. Queria também ser linda de novo. A beleza de Manuela, que é mulher, mas não é mãe. Não perdeu filha, perdeu irmã, mas tudo bem. Não faz diferença. São parecidas. Continua a mesma, tudo diferente.* Solange deitou-se na cama e a pergunta se alojou no teto branco, pulsando e vibrando como aqueles neons, que aparecem em filmes. *Nunca viu um de verdade. O que não se vê de verdade não existe.*

Solange queria deixar de ser vista, como Marcela. Queria fugir para não ser encontrada. *Como se faz isso?*

A pergunta piscou e apagou. Seus olhos fecharam, sem respostas.

***

Da esquina, Manuela observava o pequeno grupo se formar na frente do galpão, encerrando o dia de ensaio, sem a alegria de costume. Alguém estava trancando a grande porta que sempre escondeu o que realmente acontecia lá dentro.

Laura estava abraçada a dois rapazes, tentando se aquecer na noite de garoa fina. Um deles Manuela reconhecia, da festa no Elefante Azul e de outras vindas ao grupo. Lembrou do ataque que sofreu, das conversas com o diretor, das coisas que não eram o que pareciam ser.

Manuela esperou o grupo se despedir e, quando Laura saiu caminhando sozinha, foi atrás dela.

"Ei, Laura", chamou Manuela.

Laura virou assustada, olhando para os lados, como se esperasse ver mais alguém.

"O que você está fazendo aqui essa hora?", perguntou Laura.

"Queria falar com você."

Laura voltou a caminhar e Manuela a acompanhou.

"Acho que não tem muito mais o que falar. Você não quis fazer parte do grupo, eu entendo. Não tem nem motivo para se explicar ou se preocupar."

"Eu me preocupo com você. Queria saber como estão as coisas, depois de tudo que aconteceu."

Laura virou a cabeça para encarar Manuela.

"Não precisa se incomodar. O grupo vai continuar existindo. Somos unidos e queremos manter tudo funcionando, então não temos muita escolha a não ser seguir com os ensaios, tocar os projetos, até que a coisa se resolva."

As duas caminhavam olhando para a calçada.

"Não sei como as coisas podem se resolver", disse Manuela depois de um tempo.

"O Alexandre pagou fiança. Ele vai se acertar e vai voltar."

"Mas você não entende, Laura? Esse cara é um criminoso. Ele abusava de quem confiava nele, tirava proveito de quem ele deveria ajudar. Isso é nojento."

Laura parou de andar e se virou para Manuela.

"Você não sabe o que está dizendo. O Alexandre é o melhor diretor que alguém poderia querer na vida."

"Mas ele também é um monstro. Eu fiquei pensando em você e nas outras pessoas que ainda estão no grupo, correndo risco."

Laura deu uma risada.

"Você é burra, Manuela. O nosso risco é ficar sem o Alexandre. Você não entende? Sem ele a gente ficaria para sempre fazendo peça de teatro imbecil, ou trabalhando em festa de criança, vestidos de palhaço. Só com ele nós somos atrizes de verdade, entende?"

"Mas ele abusa das pessoas."

"E o que isso tem de mais? Encare como um papel que precisa ser interpretado. Só isso. Fica melhor assim para você aceitar? É só um personagem coadjuvante que a gente faz para conseguir o papel maior. Faz parte da vida. Quantas vezes você faz uma coisa só para conseguir outra? Todo mundo faz isso. Vê se aprende e cresce."

Manuela finalmente entendeu e as lágrimas vieram.

"Você sabia. Você também foi vítima."

Laura também começou a chorar, mas sem querer demonstrar. As lágrimas apenas rolavam e encharcavam um sorriso forçado.

"Todo mundo que é bem-sucedido paga o preço. Um empregado tem que aceitar muitas coisas para ser promovido. Você, para ser engenheira, vai ter que engolir desaforo no começo, ainda mais sendo mulher. Isso é a vida real, caso não tenha percebido. A gente só tem que aguentar por um tempo. Todo mundo sabe. Sua irmã sabia e tirou proveito. Ou você acha que uma caloura consegue essa vaga disputada assim, tão fácil? Eu faço tudo para conseguir o que quero. Não tenho problema com isso. Se Marcela se arrependeu e quis destruir tudo para os outros, o problema é dela. Deixa pelo menos a gente tentar recuperar o que a gente tinha."

"Você queria me levar para ele", disse Manuela. "Você sabia o que ele faria e mesmo assim estava insistindo para eu fazer parte." Manuela apontou para o seu próprio corpo. "Ele queria experimentar a irmã? Era isso? Ver se era igual?"

Laura começou a andar, afastando-se dela.

"Você é igual a ele. Vocês todos são", disse Manuela, mas sem força para ser ouvida.

***

Em dias de entrega de projeto, o primeiro andar tornava-se o salão de festas da empresa. O vão livre ganhava ainda mais espaço com algumas mesas arrastadas para o canto, cobertas por toalhas, salgadinhos e muitas garrafas. Além das bebidas,

Drico também providenciava algo especial para os garotos, só não deixava escancarado.

Naquela comemoração, Afonso estava empolgado. Tinha trabalhado muito e, por isso, também aceitou um dos comprimidos verdinhos que Drico distribuiu de maneira discreta entre os membros da equipe principal.

"Você está acostumado com aqueles que dão foco, esse aqui faz você perdê-lo", disse Drico, enquanto passava o comprimido para Afonso em um aperto de mão.

Afonso nem quis saber o que era e engoliu com um gole de whisky. Apesar de terem estilos um pouco diferentes, Afonso confiava em Drico. Seu sócio garantia resultados.

Os clientes tinham participado apenas do início da festa e, depois da saída deles, a comemoração pôde ganhar um novo rumo, com doses mais pesadas, gargalhadas sem propósito e gritos mais altos. Os garotos, que começaram apenas jogando uma sinuca tradicional, já estavam em cima da mesa, simulando danças sensuais, esfregando-se no feltro verde, fingindo que o taco era brinquedo sexual, fazendo todos rirem descontroladamente.

Assim como a empresa, a festa era bem masculina, mas não exclusiva de homens. Na equipe principal, tinha uma garota, Jaqueline, que, assim como os garotos, também subia na mesa de sinuca, bebia como louca e urrava como animal. Ela mesmo se considerava um dos caras e gostava de ser reconhecida como um deles, provando que era capaz e que fazia parte de tudo. Até chamavam ela de Jack e ela gostava do apelido. Quando ela começou na empresa e logo foi ganhando destaque nas equipes e nos projetos, Afonso ouvia comentários sobre Jack e achava que era um dos garotos prodígio, nerds, superdotados e esquisitos que às vezes despontavam nas equipes inferiores. Foi só quando ela entrou para a equipe principal, para trabalhar nesse projeto, que Afonso descobriu que Jack não era um rapaz e sim uma moça. Achou exótico, divertido e provocante.

Depois que Jack desceu da sua performance na mesa de sinuca, Afonso foi brindar com ela, como tinha feito com todos os outros. Os copos bateram, mas Jack não bebeu de imediato, mantendo um sorriso misterioso e o olhar fixo em Afonso por um tempo maior que o normal. Talvez tenha sido apenas por uma fração de segundo, mas o sistema mental de Afonso reconheceu como um desvio do padrão, uma diferença de tempo que gerava um novo input, um novo comportamento. Afonso tentou avaliar se a sensação que estava sentindo era fruto do comprimido esverdeado ou do olhar demorado de Jack. Não precisou decidir. Jack correu para tirar mais uma self com seus colegas de equipe.

Afonso circulou por um tempo, completou seu copo mais algumas vezes, fez novos brindes e começou a sentir o efeito combinado das noites sem dormir, dos comprimidos e do álcool. Foi até o terceiro andar, já vazio e escuro, e entrou na Sala de Descompressão. Precisava relaxar em um dos puffs por um tempo.

Quando foi fechar a porta, foi impedido. Era Jack.

"Você está tentando fugir?", perguntou ela.

"Pensei em descansar um pouco."

"Posso fazer isso junto."

"Acredito que sim."

"Não foi uma pergunta."

Jack sorriu mais uma vez, por tempo demais, olhando demais.

Afonso foi até o puff maior, em formato de lâmpada, e deitou-se primeiro. Esperaria a escolha dela.

Jack não perdeu tempo e se jogou ao seu lado, fazendo ele saltar com o efeito gangorra. Uma brincadeira comum entre os garotos. Afonso riu. Jack gargalhou.

Afonso ficou na dúvida da seriedade no fato dos dois deitados juntos. Pensou em sair, mas ficou. Estar assim com Jack era estranho, mas ela era só mais um dos caras. Ele também.

Os dois foram se aproximando, atraídos para o vale formado no centro do puff. A cabeça de Jack no ombro de Afonso.

"Eu sempre quis estar aqui", disse ela.

"Em um puff gigante em formato de lâmpada?" Afonso deu uma risada em uma tentativa de oferecer um valor de teste, para verificação: se ela não estivesse falando da situação entre eles, bastava confirmar.

"Trabalhando aqui", disse Jack, saindo da lógica que Afonso tinha construído. "Quando Drico me contratou, eu quase não acreditei."

"Drico é um cara inteligente." Um elogio disfarçado, um novo teste.

"Ele pode ser, mas você que é a lenda desse negócio. Meu sonho era trabalhar com você. Fazer parte dessa equipe."

"Você é competente como todos eles." Nova tentativa de validação.

"Tenho o direito, né?, de ser como eles."

Afonso ficou em silêncio, sentindo o cheiro dela competir com o da bebida.

"Trabalho como eles, tenho o direito de me divertir como eles, não acha?"

Afonso concordou. Jack estava visivelmente bêbada e Afonso foi se sentindo mais livre, com todo o efeito do comprimido verde chegando. Nunca tinha feito isso na empresa, mas a ocasião merecia. Ele era um dos caras. O melhor dos caras. Era o sonho dela, afinal, ele tinha comprovado. Validação positiva.

***

O sucesso de uma mãe é medido pela quantidade de silêncio que ela consegue em seu dia, não importa com que idade os filhos estejam. Nesse quesito, Solange podia finalmente se congratular. A quietude tinha se ampliado e outras partes da casa tinham sido envolvidas pela calmaria da vida solitária. *Dias leves e tranquilos.* Os comprimidos ajudavam. *Doses de tranquilidade instantânea.*

As meninas estavam cada vez mais imersas em suas vidas e Solange podia lamentar a dela em paz. Eram raros os dias em que precisava lidar com brigas das duas. Agora cada uma tinha suas atribuições particulares. *Frustrações exclusivas.* Uma não interagia mais com a outra. Tudo foi trocado por esse sentimento de incompletude, que nada seria capaz de preencher. *Netos, talvez?* Solange riu. *Rir de tristezas traz uma satisfação mórbida.* Manuela e Marcela quase não se encontravam e, no pouco que se viam, já não se enfrentavam, deixando o mundo familiar em paz, com um tratado de separação e cordialidade.

Algumas discussões ainda aconteciam. *Nada é perfeito.* Solange lidava com uma de cada vez, já que um problema não estava mais ligado ao outro. As aulas do cursinho de Manuela começavam cedo e à tarde ela ia para as aulas de reforço ou ficava trancada no quarto, revisando tudo. Marcela ia para o grupo de teatro à tarde, ou ensaiava na casa de amigas, e tinha aulas da faculdade à noite.

Solange aproveitava para redescobrir outros cômodos da casa, que agora também eram só dela. Os móveis da sala estavam velhos. *Também precisavam de uma nova vida.* O sofá era o mesmo desde quando as duas eram pequenas e o usavam como palco. *Talvez devesse se interessar por decoração.* Cuidar da casa sempre foi seu trabalho e agora, que não tinha que lidar com os seres vivos, poderia se dedicar aos objetos.

Além de estudar, Marcela também estava trabalhando. Disse que precisava ter o seu dinheiro. Provavelmente tinha planos de ir para o Rio ou para São Paulo, onde as coisas aconteciam. Ou até mesmo para outro país. Para trocar os móveis, Solange também precisava de dinheiro e teria que pedir. *Sabia como era ruim essa dependência.* Mas é óbvio que Afonso mudaria a maneira de pensar sobre Marcela. *Já estava mudando. Era uma questão de tempo.* Já via a carreira da filha como algo aceitável e estava empolgado com a história do diretor. *Importante para ele.* Era a oportunidade de ficar famosa.

A casa precisava mesmo ser redecorada. Uma atriz de sucesso não moraria em qualquer lugar. *Como se fosse possível Marcela morar com eles depois de ficar famosa.* Mas os móveis precisavam ser trocados de qualquer forma.

A primeira reação de Afonso deixou Marcela preocupada, mas, mesmo que ele não mudasse de opinião, um pai não abandonaria a filha em uma hora dessas. *Tudo é uma questão de como se pede as coisas.* Solange poderia intervir, fazer um charme ou dar um ataque. *Chantagens emocionais funcionam.* Precisava resolver esse assunto, porque a forma que Marcela encontrou para ganhar dinheiro a preocupava. *Uma menina se expondo dessa forma.*

"É na Escola de Belas Artes, com alunos e professores", tinha explicado Marcela. "Cinquenta minutos sentada em uma cadeira ou deitada em uma bancada, dependendo do exercício."

"Ninguém mexe com você? Não tentam algo a mais?", Solange tinha perguntado.

A filha deu uma risada que ela já não via há algum tempo. *Saudade dela assim.* Marcela andava deprimida, mas naquele momento foi a Marcela de sempre.

"Tem um monte de gente junto, mãe. Nem que alguém quisesse conseguiria fazer alguma coisa." E completou: "Teve um cara que ofereceu até pagar mais para uma sessão exclusiva, no ateliê dele, mas é claro que eu nunca faria isso, ainda mais assim, com um homem que eu nem conheço. Pode ficar tranquila, mãe. Eu garanto que não é na Escola de Belas Artes que eu estou correndo risco."

Solange podia confiar na filha. Ela sabia se cuidar.

***

Era a última festa do semestre. A expectativa era de que fosse também a maior, mas Manuela via um mar de espaços vazios na sala principal do Elefante Azul. Havia algumas ilhas maiores de pessoas no centro, outras menores na periferia e alguns náufragos isolados próximos das paredes. Um arquipélago de quase-dançarinos sacolejantes, na eminência de algo animado começar, mas carentes de iniciativa própria. Nos outros ambientes, casais aproveitavam a invisibilidade gerada pela iluminação escassa para criarem suas praias desertas.

Até onde Manuela conseguia perceber, Laura e o pessoal do teatro não estavam presentes. Com a repercussão do caso, devem ter declarado um toque de recolher extraoficial. Outras denúncias apareceram contra Alexandre Kisner. Participantes antigos do grupo, ex-alunos e até atrizes de fora resolveram contar outras aventuras do diretor. A faculdade tentou se esquivar, apelando para o histórico de sucesso e conquistas acadêmicas, mas, com o crescimento das acusações, acabou oferecendo a demissão como prova de que entendia a gravidade. O maior absurdo era alguém chegar a pensar que existe qualquer justificativa para um professor fazer o que bem entendesse. Manuela não conseguia acreditar que chegou a sonhar com a aprovação dele, como se a opinião desse homem determinasse tudo em sua vida e em seu futuro.

Por ser uma das suas últimas oportunidades antes da volta oficial da irmã, Manuela queria aproveitar aquela festa no melhor estilo Marcela. Descobriu uns contatos na faculdade e chegou a novos fornecedores, já que Jorge tinha sido expulso, graças ao seu pai. Manuela tomou uns comprimidos antes de chegar à festa e agora, com bebida, a noite começava a ficar mais animada. O lugar podia estar vazio, mas seu mundo começou a se encher de alegria e felicidade. Todos pareciam mais alegres, mais animados, mais amigos. Manuela pegou mais um chopp e tomou devagar, curtindo a música. Começou a dançar sozinha, no cantinho dos náufragos, deixando para flutuar para o centro quando aquilo se transformasse em um continente com terra firme.

Depois de um tempo, Manuela percebeu alguém ao seu lado. Sua primeira reação foi se afastar, mas se surpreendeu ao ver que era Samuel e deu um sorriso que denunciava o que ela tinha tomado. Tentou se controlar, mas acabou sorrindo ainda mais.

Samuel retribuiu em silêncio.

"Você aqui? Nunca poderia imaginar", disse Manuela, depois de um tempo.

"Eu lembrei que você viria, resolvi te encontrar. Precisava me desculpar."

Manuela sorriu de forma um pouco mais natural. Revirou a gavetinha das lembranças do seu cérebro, mas só encontrou algumas coisas aleatórias, emboladas no entorpecimento momentâneo. Não lembrava que motivos ele teria para se desculpar, nem de ter falado que estaria ali.

"Está desculpado e seja bem-vindo." Foi a única coisa que conseguiu responder, e continuou dançando suavemente.

Samuel ficou observando o corpo dela se mover.

"Esse era um dos territórios de Marcela", disse Manuela.

"Imaginei."

Manuela ouvia sua própria voz soando estranha, como se falasse dentro de um barril cheio de sentimentos novos. Percebeu que todas as pessoas naquele lugar soavam assim e, pela primeira vez, sentiu-se parte daquilo, dividindo um grande recipiente cheio de alegria e desinibição com todas as outras pessoas. Estava feliz. Muito feliz. Imaginou que Marcela também tinha sido feliz dentro daquele barril, antes de ser levada. Sentiu-se bem. Sentiu-se ainda mais Marcela.

"Eu conquistei esse território. Agora é meu também", disse ela para Samuel, dando uma grande risada.

"Parece mais com ela, agora."

Era ela de vestido? Ela alegre? Ela chapada? Era com isso que Samuel se excitava? Ele não parecia ser o cara que gostava desse tipo de coisa, mas é comum nos enganarmos sobre as pessoas.

Manuela chegou mais perto.

"Aqui você sente que eu sou Marcela?", perguntou Manuela. "Me vê daquele jeito?"

Samuel olhou para os lados. Tentou se afastar um pouco.

"Sou como Marcela para você, agora? Te dá vontade?"

"Você está alterada", disse Samuel.

Ele percebeu, afinal.

"Assim fica mais fácil para você me falar. Como você fazia com Marcela? Como você gostava de ficar com ela? Ela ficava assim com você?"

Ele estava incomodado, de um jeito diferente, começando a perder a resistência. Começava a vê-la como Marcela? Outra Marcela. Uma nova Marcela.

Samuel a pegou pelo braço. Manuela sentiu a mão dele firme, apertando forte.

"Era disso que Marcela gostava? De um pouco de violência?" Ela sorriu.

Ele olhou para os lados várias vezes, sem dizer nada.

Quase ninguém estava nesse lado da festa. Existia um corredor escuro, embaixo de uma das escadas. Ele a levou para lá. Manuela lhe deu um beijo. Samuel correspondeu, mas de um jeito mecânico. Foi como beijar alguém que está dormindo.

A mão livre de Samuel começou a passear pelo corpo dela, descendo até as pernas e subindo entre as coxas. Afastou a calcinha. Manuela tremeu. Ela não queria fazer aquilo ali, mas sabia que tinha provocado demais.

Manuela pediu para parar, mas Samuel deve ter achado que fazia parte do jogo. Virou ela de costas, apoiada em uma espécie de bancada. Manuela sentiu a penetração, sem todo o prazer que achou que viria junto. Tentou escapar, mas seus braços estavam presos.

"Você queria ser Marcela. Sentir o que ela sentia, não é? É esse o papel que você quer fazer?"

Manuela tentou dizer para parar, mas não conseguiu. Sentiu os movimentos mais fortes. Doeu. Começou a chorar. Samuel terminou rápido, mas continuou encostado, quase deitado sobre ela. Manuela só queria que ele saísse. Ouviu uma frase sussurrada, com o nome de Marcela no meio, mas não conseguiu entender. Manuela balançou a cabeça, concordando, apenas para que ele a largasse. Ele saiu de cima e se afastou. Ela não quis se virar. Talvez Samuel tenha ido ao banheiro ou embora. Manuela não esperou. Foi direto para casa.

***

Quando acordou, Afonso viu diversas chamadas perdidas em seu celular. Muitas de Manuela, algumas de Fausto. Havia também mensagens dos dois. Ajeitou a cabeça no travesseiro e ficou encarando o celular. O medo de abrir as mensagens deixou Afonso paralisado. Um medo novo, que começou depois que Marcela voltou. Antes, sempre esperava uma notícia boa, do detetive ou da polícia. Agora, Afonso sempre achava que receberia algo ruim, dizendo que aquilo tudo era um engano, que Marcela não tinha voltado.

Afonso avaliou as possibilidades por um tempo, como se pudesse escolher o que as mensagens diriam. Bastava abrir o aplicativo e acabar com a incerteza, mas ao mesmo tempo não queria descobrir a verdade, porque talvez ela acabasse com a chance de ter a família toda de volta.

Sentou-se na cama e abriu primeiro a de Fausto, que era simples e direta: "Me ligue quando ver essa mensagem. É urgente."

As outras duas, de Manuela, eram mais específicas e estranhas.

A primeira: "Você viu o último vídeo da mamãe?"

A outra, enviada alguns minutos depois: "Cadê você, pai? Por que você não atende? Já tem gente ligando aqui em casa. Por favor, vem para cá."

Afonso ligou para Fausto ao mesmo tempo que pegava a chave do carro e saía.

Fausto atendeu depois do primeiro toque.

"Afonso, que bom que você ligou. Estamos tentando localizar Solange desde ontem à noite. Você tem notícias dela?"

"Não. Não falei com ela nos últimos dias."

"Você sabe onde ela pode estar? Depois de tudo que ela disse, achamos que ela pode ter procurado um lugar para se isolar por um tempo. A casa de praia de vocês, ainda existe?"

"Não, vendemos na separação. Não íamos mais lá", disse Afonso. Esse tinha sido o primeiro lugar em que procuraram Marcela, quando ela desapareceu. "Mas o que Solange disse? Para quem?"

"Disse no vídeo, que ela postou. Para todo mundo."

A mensagem de Manuela também falava sobre um vídeo de Solange.

"Que vídeo é esse?"

"Você ainda não viu o vídeo?", perguntou Fausto, mudando o tom de voz. "Merda. Eu achei que você já tinha visto. Desculpa, Afonso. Por favor, veja esse vídeo de ontem à noite e, assim que puder, passe na delegacia ou nos encontramos em seu apartamento."

Afonso já estava entrando em seu carro.

"Estou indo para a casa delas. Manuela me chamou."

"Nos encontramos lá, então. Abraço."

Afonso desligou e acessou o canal de Solange.

O vídeo mais recente apareceu na tela, mas Afonso relutou em iniciá-lo. Ficou imaginando o que Solange poderia ter dito. Se ele não visse, não existiria. Seria melhor falar com Manuela antes de ver o vídeo, saber a opinião da filha em vez de assisti-lo. Afonso colocou o celular sobre a coxa. Ligou o carro, mas não engatou a marcha. Apertou o botão de play.

O vídeo era no mesmo cenário de todos os outros. A ex-mulher, como sempre, encarando a câmera. Estava tudo como antes, não precisava se preocupar. Mas quando Solange começou a falar, seu tom de voz estava diferente. Afonso lembrou-se dessa Solange e sorriu. Talvez ela apenas estivesse voltando a ser a sua mulher, como era antes de tudo. Isso era bom, não era? Solange falava com uma voz triste.

"Esse é um vídeo diferente de todos os outros que eu já gravei. Muito mais pessoal. Meio que um desabafo mesmo.

Preciso tirar isso de dentro de mim, então, vou tentar ser breve para não correr o risco de não conseguir terminar. Há poucos dias, algumas coisas aconteceram e mudaram toda a minha ideia de futuro. Tudo o que eu sempre sonhei está prestes a se concretizar. Mas, nesses momentos, quando a vida lhe dá tudo que você busca, parece que surge sempre mais sofrimento. Nessas horas, cometemos loucuras. Eu tenho que admitir: eu sou culpada. Essa é a verdade. Eu peguei ela de surpresa. Sem ela esperar. Eu mantive ela escondida. Sou a mãe que escondeu sua filha para ela mesma poder aparecer. A mãe que preferiu não ter a filha a perder uma chance que era tão perfeita. Por isso estou fazendo esse vídeo. Para esclarecer tudo. Precisava admitir isso, senão não iria conseguir mais viver. Se não for assim, melhor não viver mesmo. Fiquem bem. Eu tentarei ficar."

Afonso dirigiu o mais rápido que pôde. Apesar de estar gravado e publicado, ele não conseguia acreditar no que Solange tinha confessado.

Alguns jornalistas, que já tinham reaparecido na frente da Casa dos Gusmão por causa da volta de Marcela e dos abusos do diretor famoso, agora queriam saber sobre Solange, fazendo perguntas que já continham as respostas que achavam lógicas.

"Senhor Afonso, existe alguma chance de sua mulher ter cometido suicídio depois do vídeo ou ela apenas fugiu?"

"O senhor nunca percebeu nada de estranho durante o tempo que Marcela ficou presa pela própria mãe?"

Manuela liberou o portão e ele pôde entrar e abraçar a filha, que chorou por um tempo, sem dizer nada. Pelo menos ela estava bem, ali com ele, e Marcela estava sendo cuidada no hospital. Afonso sentou-se com a filha e esperaram Fausto chegar para poderem entender o que tinha feito Solange tomar aquela atitude.

***

Solange nunca tinha feito aquilo sozinha, mas depois de tanto tempo vendo William preparando tudo, sabia que conseguiria, mesmo que levasse mais tempo. *Sem problemas. Não tinha pressa.* Se ela era uma pessoa que queria fazer as outras desaparecerem da sua vida, pelo menos nisso tinha se especializado. *Talvez o pintorzinho tivesse mesmo razão. Teve sucesso na maioria dos casos.* Agora, tinha afastado William de uma vez por todas. *A culpa era dele. Metendo-se demais, por puro ciúme.* Precisou mandá-lo embora. Era a única solução, apesar de William não ver da mesma forma. Não entendia que ela poderia viver sem ele, mas ele não conseguiria viver sem ela. *Profissionalmente falando, é claro.* Melhor se libertar do problema. *Se pelo menos ele tivesse se comportado...*

Solange ligou as câmeras. Como sempre, filmaria com duas, depois tentaria editar. *A parte mais difícil sem William.* Mas não precisaria ficar profissional. *Nem sabia se publicaria esse vídeo.*

A câmera principal mostrava ela de frente. "O ângulo de quem sabe das coisas", explicara William, quando começaram. A câmera secundária ficava no ângulo de quem observa de fora, analisando. "Um ângulo que mostra você sem máscara."

Dois ângulos e duas versões de Solange. *Duas forças diferentes que se unem em uma mesma pessoa.* Solange conhecia Yin e Yang. Ego e alter ego. Jekyll e Hyde. *Mãe e Mulher. Solange e Solange.*

Ela parou na frente do espelho e ajeitou um pouco o cabelo. *Estava perfeita para o que ia fazer.* Sentou-se na cadeira no centro do miniestúdio. *Esqueceu o mais importante.* Certas coisas precisavam ser feitas de forma diferente quando se está sozinha. *Terá que aprender a viver sem ajuda por um tempo. Pelo menos, até Bernardo ocupar a vaga.* Levantou-se, foi até as câmeras e apertou os botões de início de gravação. Voltou para seu lugar, respirou fundo e começou a falar.

"Esse é um vídeo diferente de todos os outros que eu já gravei. Muito mais pessoal. Meio que um desabafo mesmo. Preciso tirar isso de dentro de mim, então, vou tentar ser breve para não correr o risco de não conseguir terminar."

Solange fez uma pausa. *Não tinha problema. Na edição, tiraria as partes em que parava para pensar ou ganhar fôlego.* Esse era um dos motivos de usarem duas câmeras. Com cortes, parecia que ela era infalível. *Tudo bem planejado para parecer real.*

"Há poucos dias, algumas coisas aconteceram e mudaram toda a minha ideia de futuro. Tudo o que eu sempre sonhei está prestes a se concretizar. Mas, nesses momentos, quando a vida lhe dá tudo que você busca, parece que surge sempre mais sofrimento. Tudo é um ciclo, de altos e baixos, não é mesmo?"

Solange parou. Respirou. Tomou um copo d'água. *Perguntas não funcionam. Mesmo as retóricas. Esqueceu disso?* Precisava lembrar de cortar e editar essa parte. Ela devolveu o copo na mesinha de apoio e voltou a falar, repetindo o final.

"Tudo é um ciclo, de altos e baixos. Precisamos apenas entender e aceitar. Aprender a aguentar o momento em que estamos embaixo, sabendo que a subida virá. Mas tem horas em que não acreditamos que sairemos por cima. Nessas horas, cometemos loucuras. Tentamos nos agarrar em qualquer coisa. E quando digo qualquer coisa, é qualquer coisa mesmo. As pessoas se agarram em mentiras. Em promessas falsas. Se agarram até em outras pessoas. Usam como degraus para tentar sair do buraco em que estão. O problema é que esquecem que vão cair de novo."

Solange tomou mais um pouco da água. Ajeitou-se na cadeira. *Ela tinha conseguido chegar ao topo. E poderia ficar no topo. Será que alguém consegue ficar lá para sempre?*

"Eu não sou imune a isso. O que acontece com todo mundo, acontece comigo também." Solange respirou fundo. "Eu quis me aproveitar de uma pessoa. Quis usar essa pessoa para que eu me sentisse melhor. Mas a pessoa que a gente usa nem sabe que está sendo usada. Eu peguei ela de surpresa. Sem ela saber. Sem ela esperar. Usei essa pessoa, me aproveitando do que ela sentia por mim. Do carinho que existia. Explorei ao máximo esse sentimento, sabendo que a pessoa faria tudo por mim. Essa pessoa, de quem eu estou falando, é o William, meu assistente. Ele fez mesmo tudo por mim, mas eu não queria ele. Nunca quis, mas não poderia admitir. Do contrário, perderia a atenção que eu recebia. Mas o homem que eu quero é outro. O problema é que, para esse homem me amar, eu preciso continuar sendo vista como a mãe sofredora. Ele gosta desse tipo. Mas um dia ele irá me ver como sou de verdade. A mãe que sofreu com a perda da filha, mas, quando a filha voltou, ficou sem saber se poderia tê-la de volta. E por isso demorei em aceitar que Marcela tinha voltado. Só por isso. Eu precisava de tempo. Isso faz de mim uma mãe pior? Talvez sim. Sou a mãe que escondeu sua filha para ela mesma poder aparecer. A mãe que preferiu não ter a filha a perder uma chance tão perfeita. A minha vida parecia perfeita, mas nunca foi. Recentemente me acusaram de ser uma pessoa que gosta de fazer as outras desaparecerem e acho que isso é verdade. Eu sou responsável por afastar Marcela e William da minha vida. Por isso estou fazendo esse vídeo. Para esclarecer tudo. Eu não fiz minha filha desaparecer. Nunca seria capaz disso. Mas, quando ela voltou, eu quis sim que ela continuasse sumida, por um tempo, pelo menos. Essa é a verdade. E vou me culpar sempre por isso, mas eu sei que amo minhas filhas e ter as duas juntas é o que me faz gravar esse vídeo."

Solange parou de falar. Tomou mais água e se ajeitou para o final.

"Peço que me entendam e me perdoem. Eu mantive ela escondida. Mesmo ela já tendo voltado. Eu exigi sigilo total, dizendo que era para não atrair a imprensa e encontrarmos o culpado, mas a verdade é que eu estava pensando apenas em mim. Eu sempre quis ser reconhecida por algo além de ser mãe. Eu tenho que admitir: eu sou culpada. Eu agi com o objetivo de me sentir bem, mesmo tendo visto minha filha quase morta por causa de alguém sem coração que a violentou todo esse tempo. Me sinto parte dessa violência, como se eu mesma tivesse causado, mas prometo que vou fazer de tudo para descobrir quem fez isso com Marcela. Só assim para eu tirar essa culpa de dentro de mim. E acho que encontrei uma pista, nos últimos dias. Foi meio por acaso. Vi algo estranho em um lugar inesperado e só me toquei depois. Vou falar com a polícia. Precisava admitir isso, senão não iria conseguir mais viver. Se não for assim, melhor não viver mesmo. E quero continuar contando para vocês como vou superar mais esse sofrimento e como vou ajudar minha filha a voltar a ser como era e descobrir o criminoso. Agora o sentimento é de culpa e não sei como acabar com ele, mas vou fazer tudo para mudar a situação e dividir com vocês. Fiquem bem. Eu tentarei ficar."

Solange levantou e desligou as câmeras.

O vídeo mais verdadeiro que ela já gravou. Talvez ninguém assista. *Ninguém precisa ver como ela realmente é.* Mas Solange sentiu o alívio de ter falado tudo. *Uma sessão de terapia.* Agora, poderia tentar seguir em frente, com Bernardo, sem William, e com suas duas meninas. Falaria com o investigador sobre o que tinha visto.

***

Manuela abriu o saco de ração e despejou parte dele no recipiente plástico que agora ficava sempre em sua bolsa. Foi até o armário, afastou as calças e despejou uma outra porção no pratinho de metal. Entrou, fechou a porta, colocou alguns flocos marrons na boca e ouviu os estalos da ração se partindo com as primeiras mastigadas.

Mesmo já tendo passado alguns dias, Manuela ainda não conseguia definir uma lógica para o que acontecera na festa. Não houve consentimento, sabia disso, mas até que ponto ela não provocou tudo? Até que ponto ela não tinha pedido por aquilo? Desejar talvez fosse o verbo mais correto. Nas doze ou treze sessões, ela sempre quis que Samuel tomasse a iniciativa, mas ao mesmo tempo sabia que tomar a iniciativa era bem diferente daquilo que aconteceu.

O que Manuela mais queria era que Samuel olhasse para ela com desejo, dissesse que ela era melhor que Marcela, fizesse alguma coisa, ou tentasse.

Ele tentou. E conseguiu. De uma vez só.

Talvez fosse isso. Talvez aceitaria melhor se tivesse sido aos poucos.

Como pôde não ter gostado se era o que sempre quis?

Manuela encheu a mão de ração e foi colocando na boca, um floco de cada vez. Esperava ficar úmido, para ser mais fácil de triturar, mas mesmo assim sentia os dentes doerem. Com a porta fechada, o interior do armário ficava totalmente escuro. Manuela tateou até encontrar a garrafa no outro canto e tomou um grande gole, fazendo a ração descer pela garganta.

As dúvidas permaneciam. Samuel fez o que ela queria, não fez? Além de tudo, era justo que ela sofresse, já que Marcela sofreu, não era?

Ela mereceu. Ela se vestia como Marcela para transar como Marcela, com vários caras que conheciam Marcela, mas que ela nunca tinha visto antes. Ela os enganava. Ou talvez se enganasse, achando que estava fazendo um bem para eles. De certa forma, dava na mesma. Se Samuel tivesse falado que queria transar com ela, como os outros fizeram, se pagasse, como os outros, ela transaria com ele, não transaria? De bota roxa, inclusive.

Tomou mais um gole d'água. Engoliu mais alguns flocos de ração.

Mas não foi da mesma forma. Até que ponto estar em um relacionamento dá autorização para usar a outra pessoa?

Mulheres em casamentos também são estupradas por seus maridos. Mulheres casadas não têm uma vida sexual livre e espontânea. Há sexo, mas não existe desejo. Até que ponto é errado o parceiro querer a parte dele?

Manuela sempre soube as respostas, mas agora estava tudo confuso. Quando é com a gente, a coisa muda. As relações nunca são tão complicadas quando é a vida de outra pessoa. Ela queria saber o que fazer.

Queria denunciar.

Ou talvez falar com Samuel.

Tinha até tentado, mas ele não atendia mais suas ligações.

Poderia estar envergonhado.

Arrependido?

Manuela sentiu lágrimas escorrerem pelo rosto e enxugou rápido, com as costas da mão. Precisava aguentar, como Marcela aguentou.

Tentou pensar em outra coisa. Não adiantou.

Lembrou de Laura e das outras meninas do grupo de teatro. Não estaria sendo igual a elas? Autorizando uma situação, deixando-se levar por alguém que acha que tem o direito de fazer algo. Uma troca de favores, como Laura disse. Relacionamento é sempre um jogo, sempre tem um perdedor, sempre alguém é sacrificado.

Sacrifício ou prazer?

Manuela tentou lembrar se sentiu prazer. Talvez justificasse. Mas não lembrava. Limpou mais uma vez o rosto. Chorar também não ajudava.

Terminou de comer toda a ração do prato e saiu do armário. Olhou no relógio. Quinze minutos. Cada vez passava mais tempo e ficava mais fácil. Uma questão de hábito.

Ao abrir a porta do quarto, ouviu as vozes vindo da sala. Seu pai e o investigador. Ela não conseguia entender tudo que falavam, mas conseguia perceber que, mesmo tendo passado quase uma semana, não tinham muitas novidades sobre sua mãe.

"Os indícios mostram que ela talvez tenha apenas fugido."

"Mas pode muito bem ter sido sequestrada pela mesma pessoa que levou Marcela."

"Ou outra pessoa. Mais uma coincidência."

Manuela já conhecia essa história. Pensou em voltar para o quarto, mas viu a porta de Marcela entreaberta. A irmã tinha voltado no dia anterior e era estranho ela ter reocupado aquele território.

Manuela atravessou o corredor e bateu na porta, de leve. A psicóloga tinha dado as orientações básicas: não trancar as portas, não forçar conversas, evitar o toque. Mas não disse o mais importante: como retomar uma vida entre irmãs.

"Posso entrar?", disse Manuela, colocando a cabeça para dentro do quarto.

Marcela estava deitada e se ajeitou para que Manuela tivesse espaço na cama.

"É estranho ver você aqui de volta."

"É estranho estar aqui depois de tudo."

"Você já parou para pensar sobre como será voltar à vida normal?"

"Não existirá mais vida normal. Eu acho."

Manuela ficou quieta. Dessa vez, deixou as lágrimas correrem.

Marcela não chorou, mas baixou o olhar.

"Eu nunca imaginei que você estivesse passando pelo que você passou. É difícil pensar nessas coisas. Não sei como você está aqui depois de tudo."

"Chega um ponto em que tudo deixa de ser real. Você sente, mas não sente. A maior parte eu não vivi de verdade, só acordava com dores, marcas e feridas. Não era uma relação direta. Talvez isso tenha deixado mais fácil."

"Por isso você não lembra de nada?"

"Só lembro do rosto coberto de preto quando ele abria o alçapão. Esse era o momento em que eu estava mais desperta. Lembro da injeção e tudo ficando escuro de novo."

Em seus pensamentos, Manuela tentava comparar o ocorrido no Elefante Azul, com Samuel, e o que a irmã passou, com esse monstro. Talvez fosse mais fácil se fosse assim, com uma pessoa desconhecida. Sem envolvimento.

"É estranha essa relação", disse Manuela.

Marcela levantou o olhar mais uma vez.

"Eu quero dizer sobre essas situações de abuso", explicou Manuela. "Existe uma separação clara, eu sei. Mas, em certos casos, a fronteira pode ficar fina e quase sumir. Como foi o caso do Alexandre, com a Rebeca."

"Abuso é abuso", disse Marcela.

"Eu sei. Mas às vezes pode nascer de uma brincadeira, de uma provocação, ter uma desculpa."

"Mas sempre existe um limite."

"Limites são relativos. O meu pode ser diferente do seu, que pode ser diferente do cara que está com a gente. Como saber qual o certo?"

"Precisamos saber o nosso e nos impor. Quando podemos, é claro", disse Marcela.

Manuela estava tentando juntar as peças. Ela e Samuel, há alguns dias. Marcela e Samuel, no passado. Será que ele fazia sempre assim?

"De todos os caras com quem você transou, com certeza uns foram mais bruscos que outros, não foram?", perguntou Manuela.

Marcela baixou o olhar mais uma vez.

"Não sei o que dizer", disse Marcela. "Não tenho muita experiência nisso. Tinha feito apenas duas vezes antes de tudo acontecer. Praticamente, eu só conheço abuso."

Manuela encarou a irmã, tentando detectar sinais de brincadeira.

"Duas vezes?"

"Sim. A primeira com um cara que eu namorei por dois meses. Você nem chegou a conhecer. E a outra com o Jorge, para pegar as coisas dele."

"Quer dizer que você nem chegou a fazer nada com o Samuel?"

Manuela lembrou das palavras dele, enquanto a estuprava.

"Samuel?"

"Sim, o cara para quem você posava nua."

"Não sei o nome de nenhum dos alunos que me pintavam. Samuel era um deles?"

"Samuel é o pintor para quem você era modelo exclusiva. O cara que pintou todos aqueles quadros seus."

"Acho que você está se confundindo. Eu não conheço nenhum Samuel. Eu nunca posei para ninguém assim, só para as turmas da faculdade."

Manuela não conseguiu dizer mais nada. Levantou-se e saiu do quarto. Quis voltar para o armário e ficar lá para sempre, mas desceu as escadas e foi falar com seu pai e o investigador.

Curitiba, abril de 2020.

Impresso em papel polen soft,
tipologia Garamond 12/14, no verão de 2021.